Je vous écris dans le noir

DU MÊME AUTEUR

ROMANS

La Nuit dépeuplée, Plon, 2001.
Le Sacre de l'enfant mort, Plon, 2004.
En vieillissant les hommes pleurent, Flammarion, 2012 (Grand Prix RTL/Lire) ; J'ai lu, 2013.

ESSAIS

Jacques Canonici, l'Archaïque Renaissant, Alexis Lahellec, 2009.
Le Cheval Péguy, Pierre-Guillaume de Roux, 2014.

JEAN-LUC
SEIGLE

Je vous écris dans le noir

suivi de

Iphigénie, ou les effets de la chasse

ROMAN

J'AI LU

à Élodie C.
à ma mère

Car la vie de quelqu'un, même la plus humble, est un déroulement inédit et original d'une suite d'expériences unique en son genre. Le témoin ne peut donc juger qu'à la condition de rester témoin jusqu'au bout. Qui sait si la dernière minute ne viendra pas d'un seul coup dévaluer une vie apparemment honorable ou réhabiliter au contraire une vie exécrable ?

Vladimir JANKÉLÉVITCH, *La Mort*

Avant-propos

Quand Pauline Dubuisson, étudiante en médecine, tue son ex-fiancé Félix Bailly, elle n'imagine pas qu'elle va provoquer par une sorte de ricochet du destin une autre mort, celle de son père qui se suicide après avoir appris son arrestation le lendemain du meurtre. À vingt et un ans, coupable de tout, elle est jetée en prison au lieu d'obtenir son diplôme de médecin. Elle passe trois ans plus tard, en 1953, devant les assises à Paris. Des témoins de moralité rappellent avec force qu'elle a aussi été tondue à la Libération, même s'ils oublient de rappeler qu'elle n'avait que seize ans et demi. Ce sont les faits et ils sont incontestables. Pauline devient la seule femme contre laquelle le ministère public, c'est-à-dire la société française, requiert la peine de mort pour un crime passionnel sans que cela n'émeuve personne à l'époque, pas même Simone de Beauvoir, qui pourtant aurait trouvé là un bel exemple de vie de femme saccagée par les hommes.

Le temps du crime de Pauline est une parenthèse minuscule dans sa vie, le temps de tirer trois balles de revolver l'une après l'autre, une minute à peine que l'on peut comparer au phénomène mystérieux de la création et du surgissement dans la création, le même étourdissement, la même fulgurance, le même dépassement de soi si l'on en croit Stefan Zweig. Mais le crime n'appartient pas non plus au miracle de la création, c'est une trouée dans la vie de Pauline, un accroc fait dans ses jours et dans un temps infiniment court et contracté. Hélas, c'est sur ce temps-là que les biographes ont organisé le récit de sa vie et le font converger : ils s'en tiennent aux faits, la chargent et la condamnent à leur tour. Je crois que c'est un crime littéraire, sauf si l'on accepte de poser comme paradoxe qu'une biographie est une écriture sans vie, à la différence du roman. L'histoire de Pauline, comme toutes les histoires, ne peut donc pas se raconter uniquement sur les faits, elle doit s'établir sur les silences de sa vie qui ne contiennent pas seulement son enfance et ses rêves mais les silences de son enfance et les silences de ses rêves. Son adolescence est une course effrénée d'amour activée par les deuils successifs de ses deux frères aînés alors qu'elle n'espérait qu'une seule chose : être sauvée, sauvée de tout, de son enfance, de la jalousie des autres filles, de la malveillance des hommes, de leur mépris et de leurs lâchetés dans un climat de guerre, de défaite et d'occupation. La guerre est un élément déterminant dans la vie de Pauline, fondateur et destructeur dans le même temps. Sa jeunesse, sa beauté, son intelligence, le cadre historique de sa vie entre le spectre de la guerre de 14/18 de son enfance et la réalité de la guerre de 39/45 de son adolescence, font d'elle un des rares personnages de l'histoire criminelle à pouvoir atteindre une dimension mythique. Que seraient Iphigénie, Hélène, Électre, Clytemnestre et Pénélope sans la guerre de Troie ? Que serait Jocaste sans la menace du Sphinx et la désolation qu'il fait régner ?

Clouzot a immédiatement reniflé cette dimension dans le procès de Pauline pour en tirer un film dangereusement intitulé *La Vérité*, choisissant l'actrice la plus mythique du cinéma français pour incarner le rôle principal : Brigitte Bardot.

Mais Clouzot semble dérangé par son sujet, comme s'il avait été accaparé pendant l'écriture chaotique de son film par d'autres démons qui l'auraient détourné de son pressentiment initial, lui qui pourtant a aussi été « tondu » à la Libération quand il a été accusé de collaboration et interdit de tourner des films à vie. Que peut-il y avoir de pire pour un cinéaste ? Perdu dans les réécritures du scénario il fait alors appel en dernier recours à son épouse pour cosigner la partition scénaristique. Mais Véra n'est pas scénariste, ni écrivaine ; elle est une actrice, et encore ! uniquement avec son mari. Alors pourquoi l'avoir choisie parmi tous les grands scénaristes de l'époque ? Si ce n'est pour s'offrir une caution féminine capable de faire écran à sa misogynie, qui une fois de plus a pris le dessus.

Au moment où Fellini tourne *La Dolce Vita*, que Clouzot fasse un film sans style et tire de l'histoire de Pauline une histoire sans profondeur basée sur le narcissisme féminin n'est pas grave. En revanche, il est plus difficile d'accepter qu'il ait pu faire un film à partir d'une histoire réelle sans tenir compte que Pauline, son inspiratrice, risquerait un jour de s'asseoir dans une salle de cinéma pour voir *La Vérité*, et qu'elle en serait définitivement brisée au point de fuir la France. Elle s'est réfugiée au Maroc, sous une fausse identité, espérant enfin échapper au malheur. C'était compter sans le sadisme du destin. C'est ici que commence le livre.

Premier cahier

J'aime la langue arabe. Je ne comprends pas ce que les femmes marocaines disent en bas dans la rue, pas plus que je ne comprenais le langage des oiseaux quand petite fille mon père m'obligeait à le suivre à la chasse ; pourtant leurs chants me rassuraient. Un jour, ne sachant pas comment expliquer ce phénomène à mon père, je finis par lui dire que les oiseaux me parlaient. Il me répondit que j'avais trop d'imagination, comme toutes les filles, et que l'imagination était une forme de mensonge. C'est à partir de ce jour que je n'ai plus entendu le chant des oiseaux.

Si lire le français me console encore, je l'ai souvent entendu m'accuser ou me condamner ; c'est seulement en l'écrivant que je parviens, par moments, dans son silence, à réparer quelque chose en moi.

Jusqu'à aujourd'hui mon expérience de l'écriture se limitait à celle de presque toutes les femmes, aux lettres d'amour que l'on disperse sans jamais les relire, au journal intime de l'adolescence dont je n'ai gardé aucune trace, et aux compositions françaises de l'école primaire. Je me souviens d'une en particulier, j'avais huit ans et le sujet était « Faites le portrait de la personne que vous admirez le plus ». J'avais choisi mon père. Je n'ai pas eu la meilleure note à cause d'une faute d'orthographe : j'avais oublié le « h » les nombreuses fois où dans ma copie j'avais écrit le mot « héros ». Ce devoir avait déclenché les rires de ma mère, de Suzanne, son amie libraire, et de mon institutrice, qui venait régulièrement chez nous. Je les observais au salon, ricanant et tenant ma composition française entre leurs mains, relisant des phrases à haute voix et pouffant de rire à chaque fois que j'avais écrit le mot « éros ». Je ne pouvais pas imaginer être l'objet de leur amusement, j'étais convaincue d'assister à une coalition des femmes contre mon père et ses galons de colonel qu'il avait gagnés à Verdun, même s'il ne s'exprimait jamais sur le sujet. Plus il était silencieux sur ces faits d'armes et plus sa discrétion grandissait son héroïsme. Ce n'est que des années plus tard que j'ai pu appréhender ses silences tout à fait différemment. À ce moment-là, je trouvais ma mère cruelle, hypocrite, jalouse ; j'étais persuadée qu'elle m'en voulait de ne pas l'avoir choisie comme sujet incontestable de mon admiration. Ce malentendu m'a tenu éloignée d'elle longtemps. Il en serait tout autrement aujourd'hui si je devais refaire cet exercice de français.

Après neuf ans de prison, je m'étais installée avec ma mère dans un appartement rue du Dragon, qu'elle avait choisi pour sa proximité avec la faculté de médecine où je m'étais réinscrite.

Je ne devais ma libération qu'à l'acharnement de mon avocat, maître Baudet, un homme grave, au physique de jésuite qui aimait secrètement la poésie, sans laquelle il n'aurait jamais réussi à me défendre, non pas parce qu'il trouvait que j'étais un sujet poétique, mais, me dit-il un jour : « C'est dans la poésie que je trouve une autre façon de regarder le monde. » Jamais personne ne m'avait dit une phrase d'une telle teneur, même pas mon père, et je sus immédiatement que cet homme sec et un peu raide ne me regarderait jamais comme mon père, ni comme les autres hommes m'avaient regardée.

Ma mère s'opposa à ce que j'aille voir le film avec Bardot et trouva toutes les distractions possibles pour m'en empêcher. Elle n'avait pas envisagé que la sortie de *La Vérité* briserait l'anonymat dans lequel j'avais réussi à me glisser en changeant de prénom.

Je me faisais appeler Andrée. J'avais pris le prénom de mon père. Je fus malgré cela très vite localisée par les journalistes, certains même m'attendaient rue des Saints-Pères à la sortie de la faculté, prétendant vouloir connaître mon avis sur le film, sans mesurer les dégâts que cet hallali pouvait produire sur mon entourage. Personne à la faculté ne savait qui j'étais, même si tout le monde s'intéressait à cette étudiante qui venait de reprendre ses études en quatrième année à l'âge de trente et un ans. Je rentrais à l'appartement tout de suite après mes cours, le regard planté dans le trottoir tellement j'avais peur d'être reconnue et insultée (c'est arrivé deux fois). Quelquefois, rarement, je m'autorisais à prendre un café à la terrasse du Bonaparte. Un jour j'ai croisé le regard d'un jeune homme, il devait avoir dans les dix-huit ans, peut-être moins. Il était grand et sec. Il me faisait penser à Félix. Tous les jeunes hommes que je croisais me faisaient penser à lui. On aurait dit un roseau au regard fiévreux. Il m'avait reconnue, je l'ai vu dans ses yeux. Mais ce fut la première fois qu'un regard bienveillant se posa sur moi, un peu maladroit, un peu timide, le regard d'un jeune homme qui attend tout de l'avenir et qui ne sait pas de quoi il sera fait. Je crois qu'il était plus mal à l'aise que moi. Patrick.

C'était ainsi que ses deux amis l'appelaient. Je crus comprendre qu'il était le fils d'une actrice. Je les écoutai discrètement. C'était tout ce que j'avais envie d'entendre, des jeunes gens passionnés qui ne parlaient que de beauté, qui allaient même jusqu'à se battre avec cette idée quand ils la confrontaient à la politique, à l'histoire et aux mensonges perpétuels du monde. En les écoutant je me disais que le monde était une merveille. Le roseau devait habiter le quartier parce que je l'ai croisé une nouvelle fois dans la rue et nous nous sommes souri. Juste ça. Jamais je n'aurais imaginé qu'un sourire puisse changer l'état des jours, de mes jours, jusqu'au prochain regard hostile. C'est déjà beaucoup.

Plus je résistais à voir le film avec Bardot, plus ce film me harcelait jusque dans la rue, où des affiches étaient collées un peu partout. J'avais l'impression que tout le monde pouvait avoir accès à ma vie, sauf moi. Je finis par me décider. Sans rien dire à ma mère, j'allai voir *La Vérité,* même si ce titre me faisait trembler. Je me glissai dans la salle obscure du cinéma Le Saint-André-des-Arts. Le film commençait à peine. Avec le beau visage de Brigitte Bardot j'espérais que la vérité justement serait enfin entendue, non pas la vérité qui disculpe, mais celle qui ne condamne pas pour toujours. Bardot était belle (elle l'est encore), plus belle que moi (je me suis éteinte), bien que je ne sois pas laide. On disait même que j'étais assez jolie malgré mes cheveux roux. Je ne sais pas pourquoi je dis « malgré », j'ai toujours aimé ma tignasse à la Rita Hayworth, comme disait Félix, même si aujourd'hui je porte les cheveux courts. Mes cheveux aussi ont une histoire. Et puis je pensais que nous avions Bardot et moi d'autres choses en commun, si j'en jugeais par l'acharnement des journaux à vouloir la détruire. J'avais moi aussi connu les morsures au visage des appareils photo à l'entrée du Palais de justice et je savais depuis longtemps que la foule pouvait se métamorphoser en un monstre féroce et hurlant quand on lui jette à la gueule ce qui la dégoûte, ce qui l'excite ou l'effraye. J'avais lu à son sujet qu'elle n'avait pas cherché cette notoriété, qu'elle aurait aimé être comme toutes les femmes et suppliait les journalistes de la laisser tranquille. C'est aussi ce que réclament les criminels.

Personne pour faire ce film n'avait rien demandé ni à ma famille, ni même à mon avocat, et encore moins à moi. Un scénario sur mon histoire me paraissait d'autant plus improbable que jusqu'ici je n'avais rien dit de la vérité justement, pas même à mon procès ; et personne, à part moi, ne savait ce qu'il s'était passé la nuit du crime. Je ne redoutais que la scène du suicide de mon père le lendemain de mon arrestation. J'imaginais bien que le cinéaste ne pourrait pas montrer un homme se suicidant au gaz en prenant soin de ne mettre personne en danger : il avait relié un tuyau en caoutchouc du chauffe-eau à sa bouche. J'espérais que le cinéaste aurait montré dans quelle folie sa mort m'avait jetée, au point de vouloir mourir à mon tour. Je pensais encore que j'étais responsable de sa mort. J'avais appris par *Cinémonde* et par *Paris Match* que le film traitait essentiellement de mon crime et de mon procès. J'aurais dû m'attendre au pire quand j'ai découvert que l'une des scénaristes du film était l'assistante de maître Floriot, l'avocat de la partie civile qui m'avait pilonnée tout le temps du procès – peut-être aussi parce que j'avais refusé qu'il me défende. Ce n'est pas tous les jours, même dans le monde de la Justice, qu'une jeune fille de vingt et un ans est jugée pour avoir tué son ex-fiancé à bout portant. C'est ainsi que mon crime fut énoncé.

J'avoue aussi que j'ai ressenti une certaine fierté à l'idée de savoir que je verrais Brigitte Bardot dans le miroir à ma place. Véronique, une ancienne détenue que j'ai gardée comme amie, m'avait dit qu'un écran n'était pas un miroir. Le miroir s'est quand même brisé. Dans le film mon père est réduit à une figure insignifiante, une silhouette d'homme fatigué et faible, le Français moyen à la gueule de traître ou de corbeau ; il meurt brutalement, bien avant que l'héroïne ait commis son crime. La seule personne qui se suicide dans ce film c'est moi, à la fin. Je me suis regardée mourir dans un visage et dans un corps qui ne m'appartenaient pas. Pourtant cela ne fait aucun doute que c'est bien moi dont il est question, même si l'héroïne ne s'appelle pas Pauline mais Dominique, même si elle est blonde et que je suis rousse. Personne ne peut imaginer ce que j'ai ressenti quand je me suis vue morte sur un écran en gros plan, parce que c'était moi que je voyais dans la peau de Brigitte Bardot. J'ai été naïve de croire qu'à la différence de la Justice le cinéma tiendrait compte de moi. Ce fut pire encore. Le cinéaste avait réalisé le rêve de mes juges : me tuer. Au bout du compte, neuf années de prison m'avaient moins fait souffrir qu'une heure et demie dans l'obscurité d'une salle de cinéma.

Sans ce film je n'aurais jamais quitté la France. Ce fut une terreur dans un premier temps de quitter le pays où mon père était enterré, une fuite infernale, éperdue, pour atteindre un autre pays, avec l'espoir d'échapper à ce destin qui me débusquait sans cesse comme un œil derrière l'objectif d'un appareil photo qui ne lâcherait jamais sa proie. Aujourd'hui, je bénis chaque jour ce film de m'avoir poussée à partir, parce qu'ici à Essaouira, j'ai l'impression de retrouver une vie.

Je dois être sincère. Ce film n'a pas été le seul événement qui m'a décidée à partir. Quelques jours plus tôt, j'avançais avec ma mère dans les allées bondées du salon des arts ménagers où elle m'avait traînée, et je n'en revenais pas de voir autant de femmes se passionner pour des engins électriques. J'avais imaginé que les femmes étaient devenues plus libres, plus indépendantes, et je mesurais à quel point elles étaient encore enchaînées à l'idée de la famille. De toute évidence ma mère était à sa place dans ce temple dédié aux ménagères. D'abord elle fut impressionnée par la télévision et la beauté des speakerines, modèles absolus de la femme moderne, surtout Catherine Langeais dont elle admirait l'élégance, le timbre posé de la voix, l'éclat du sourire et la perfection des coiffures. Ma mère était d'une curiosité enfantine qui m'amusa dans un premier temps, s'intéressant à tout ce qu'elle voyait et particulièrement à ce petit bataillon d'épouses parfaites qui se présentait au concours de « la fée de logis ». Tout la ravissait. Elle me fit remarquer les fiancées, celles qui ne portaient pas encore d'alliances mais de simples saphirs à l'annulaire. Les jeunes filles, bien plus jeunes que moi, légèrement crêpées, se pavanaient aux bras de leurs fiancés, cherchant à savoir si leurs futurs maris seraient prêts à s'endetter pour leur offrir tout le confort moderne. Ces jeunes couples amusaient ma mère. Ils me dégoûtaient légèrement. Elle trouvait les filles de plus en plus ravissantes. Je les trouvais de plus en plus ligotées. Quant aux garçons, elle les trouvait de moins en moins virils avec leurs pantalons en fuseau et leurs blousons en popeline trop étriqués. Je les trouvais de plus en plus rassurants. Mais je me suis bien gardée de lui donner mon avis. Enfin, elle marqua un vif intérêt à la démonstration d'une machine à laver faite par une hôtesse ravissante perchée sur un podium, blonde aux yeux bleus, dans une robe fleurie et empesée, fumant une cigarette américaine à bout doré en attendant que la lessive se fasse. Je n'imaginais pas ce que cette image allait déclencher en elle une fois que nous fûmes sorties pour boire un café liégeois au bar du Claridge où je l'avais invitée. Je la connaissais suffisamment pour savoir qu'elle prenait le temps de construire sa pensée, faisant de petits arrêts dont elle profitait pour attraper une cuillerée de crème chantilly qui recouvrait son café. Elle se demanda ce que les jeunes femmes allaient bien pouvoir faire de tout ce temps libre. Parce qu'elle ne doutait pas que toutes les jeunes femmes modernes allaient succomber à la tentation de tous ces engins électriques ! « La tentation, conclut-elle, est même une histoire biblique chez les femmes et tu penses bien que ceux qui font de la réclame le savent ! »

Elle m'amusait et j'essayais de lui expliquer que c'était surtout une émancipation non négligeable qui permettrait aux femmes de travailler en dehors de leurs foyers ; et que nous les femmes devions cette avancée bien plus à Moulinex et à Electrolux qu'à Simone de Beauvoir. Totalement fermée à mon humour, elle était soudain assaillie par « des pensées taonniques », comme le dit Balzac dans la *Philosophie de la vie conjugale* que je viens de relire. Taonnique pour évoquer ces pensées qui nous piquent comme nous piquent les taons, ces grosses mouches d'été que l'on n'entend pas approcher.

Après un nouveau silence, elle ajouta : « C'est ce que tu as toujours voulu, toi, travailler à l'extérieur. »

Ni stupéfaite encore, ni surprise vraiment, j'attendais simplement qu'elle achève de m'exposer sa position quand la discussion bifurqua sur mon père et sur l'éducation qu'il m'avait donnée. Je la voyais s'enfoncer dans un abîme tout en créant avec sa cuillère un tourbillon dans sa tasse où il ne restait plus un gramme de crème chantilly. Je me souviens lui avoir répondu que mon père devait sûrement vouloir que je devienne une femme libre. Elle n'eut qu'une seule réponse : « Les femmes libres ce n'était pas son genre… »

Sans le savoir, elle venait de toucher la part obscure de mon histoire et semblait se débattre seule depuis longtemps avec ce qui de toute évidence lui apparaissait être une anomalie bien plus qu'une énigme. Seule face à ma mère et après des années de prison, quelque chose de ma relation à mon père s'est déchiré pour la première fois, même si j'étais loin d'imaginer, après ce détour, où ma mère voulait en venir avec cette histoire de femmes modernes.

« Reconnais-le, me dit-elle, tu n'aurais jamais envisagé de t'occuper d'une maison, même si tu t'étais mariée ? »

Son allusion au mariage était une façon d'évoquer Félix, dont nous n'avions jamais parlé, pas même lors des parloirs. Je sentis que je devais mettre les choses au point au plus vite quand, avant même que je puisse lui répondre, elle acheva sa pensée :

« Et vois où cela t'a menée. »

J'aurais préféré une gifle. Elle venait de réussir à faire un lien féroce entre le temps libre des femmes modernes et mon crime, convaincue qu'à force d'être livrées à elles-mêmes, comme elle croyait que je l'avais été, et préoccupées par toutes sortes de pensées en fumant leurs cigarettes, tout comme je fumais des Royale, les femmes prenaient le risque de devenir des criminelles, laissant monter en elles leurs plus bas instincts, un peu comme Bardot dans le film, justement. Jusque-là, je n'avais jamais eu l'impression qu'elle m'en voulait et j'arrivais, dans le tremblement de sa voix, à sentir une colère contre moi qu'elle avait maîtrisée toutes ces années. C'était peut-être aussi la sortie de ce film qui réveillait en elle ses propres démons de femme irréprochable et de mère blessée alors qu'elle avait parfaitement joué le jeu toutes ces années sans jamais me juger. Une fois mes larmes ravalées, j'ai vu ma mère se rapetisser sur sa chaise, presque honteuse de sa cruauté. Et je me suis mise à éprouver pour elle une infinie tendresse. Je venais enfin de mesurer à quel point elle avait été capable de mettre de côté sa morale et sa douleur de mère pour tenter de me sauver. Au fond, elle en voulait plus à mon père qu'à moi. J'ai quand même senti qu'il était temps que je parte, que je m'éloigne de tout ça, de mon histoire, de mon crime, de ma famille, d'elle et même de la langue maternelle qui finissait toujours par me condamner. Le film quelques jours plus tard finit de me convaincre.

Le jour de mon arrivée à Essaouira, je pris possession de la maison aux murs blancs et aux volets bleus où je vis encore aujourd'hui. Possession est le mot juste, sans que je sache si c'est moi qui possède cette maison ou si c'est cette maison qui me possède. Il y a une parfaite correspondance entre la pierre et ma chair, entre le centre de la maison et mon cœur, entre l'ombre et ma part secrète ; l'inverse exact des prisons où il n'y a que rupture entre les murs et les corps. En deux ans, je n'ai jamais ressenti le besoin de changer le décor. Rien de luxueux. L'essentiel. Je n'avais qu'une valise en arrivant ici, pas grand-chose de plus aujourd'hui à part un tourne-disque, des trente-trois tours, le *Requiem* de Mozart orchestré par Karl Richter que Véronique vient de m'offrir, et quelques livres, *La Comédie humaine* que j'ai lue et relue entièrement en prison, *Crime et Châtiment*, le seul livre que j'ai volé en quittant la Petite

Roquette, et *Lettera amorosa* que mon avocat m'avait offert. Toute l'humanité sur deux petites étagères. La maison était louée meublée. Il y avait déjà un plateau en cuivre pour le thé posé sur un trépied ouvragé tout près d'un sofa de fortune sur lequel était jetée une couverture berbère ; elle est toujours abandonnée là. Hier, j'ai ajouté une table et une chaise. Mon cahier est posé sur la table. Rien de plus. Ne pas envahir l'espace surtout si je dois écrire. J'ai fait à nouveau de ma maison ma cellule. J'aurais pu avoir envie d'autre chose, d'une maison plus vaste remplie de tas de petits objets offerts ou rapportés de mes expéditions dans ce Maroc qui m'a accueillie. Les femmes aiment décorer les maisons et j'ai toujours cette tentation de rapporter des objets du souk, mais au dernier moment je finis par y renoncer. C'est plus fort que moi. Après presque dix ans d'emprisonnement j'ai fini par comprendre, en partie grâce à Dostoïevski, et aussi à mes études de médecine, que le mot *cellule* désignait aussi l'origine de la vie. C'est donc en moi, durant ces interminables années d'incarcération, que j'ai appris à trouver l'espace et l'air indispensables à mon équilibre, même si cela s'apparentait parfois à une forme de vide intérieur, nécessaire.

Tout aurait pu continuer dans ce ravissement des jours et des choses ordinaires si je n'étais pas tombée amoureuse de Jean. Je l'ai rencontré il y a six mois. C'est un homme simple, technique, sec, musclé et qui ne manque pas de beauté. Il est ingénieur. Un constructeur comme mon père. Un homme qui ne cherche pas à être autre chose qu'un homme. Un homme qui a plu à ma mère la dernière fois qu'elle est venue me rendre visite. C'est aussi un homme habile de ses mains. Il faut voir comment il attrape les objets sans jamais les briser ; et chaque fois qu'il me touche, ses mains ont le pouvoir de me faire réapparaître. C'est quand il me touche que je comprends que le reste du temps, sans lui, sans ses mains, je n'ai plus de corps, je disparais. Ça aussi c'est une étrangeté, mais une étrangeté qui m'éblouit d'autant que je n'ai jamais eu d'image de moi, peut-être parce que nous n'avions pas de grands miroirs dans la maison où j'ai grandi, je n'ai toujours vu que des morceaux de moi. Les mains de Jean sont plus puissantes que les miroirs. Je ne pensais pas être capable d'aimer à nouveau. J'ai cru toutes ces années que j'étais interdite d'amour.

Ici j'ai pu non pas recommencer ma vie (recommencer était bien justement ce que je ne voulais pas faire), mais commencer une nouvelle vie. Ce fut une renaissance, grâce aussi à Jean. Je m'en étais confiée à Véronique, qui vient me voir régulièrement, et c'est elle qui a employé ce mot. « Tu comprends, m'a-t-elle dit, pourquoi on appelle le XVIe siècle la Renaissance, parce que ça a été le siècle des commencements ! Et c'est pour ça que Léonard de Vinci a laissé tant de tableaux inachevés, il était dans les commencements, lui, jamais dans la fin des choses. Il n'était que dans les jours nouveaux, dans le matin et dans l'aube. Regarde ses clairs-obscurs bleutés et inachevés, tu vois bien qu'ils sont du même bleu que certains matins où on se pèle. »

Quand j'ai connu Véronique elle était déjà folle de l'Italie. C'est comme ça qu'elle se définissait. Elle me rejoignait dans ma cellule, s'allongeait sur la paillasse, les mains derrière la tête, et retournait à Rome ou en Toscane où elle avait été heureuse avec un acteur italien qui avait fini par lui mener la vie dure, tellement dure qu'elle l'avait tué. Mais en France. Pour ne pas ensanglanter les images de son Italie merveilleuse. Félix m'avait promis l'Italie pour notre voyage de noces. Je n'y étais jamais allée et je l'imaginais comme un immense désert, des palais baroques plantés dans le sable, une mer bleu turquoise tout autour, d'antiques cyprès en colonnades et des sculptures en marbre savamment installées un peu partout sous le soleil, de ces soleils qui éclairent mais ne brûlent pas. Véronique m'a dit : « Ce que tu imagines, c'est un tableau de De Chirico. » Je n'avais jamais entendu parler de ce peintre. À partir de ce jour nous n'avons parlé que de peinture. Un peintre par jour. Elle avait décrété cette règle et nous nous y sommes tenues. Alors, elle s'est mise à me raconter la peinture comme à une aveugle. Il m'a souvent manqué d'entendre ce genre de choses dans ma vie. Il faut croire que je n'étais pas la seule parce que très vite d'autres détenues sont venues écouter la peinture. Et j'ai aimé à la folie Le Caravage, Botticelli, De Chirico, Miró, Picasso, Bruegel, Vinci, Ernst et de Staël, sans jamais avoir vu une seule de leurs œuvres. Sauf les bleus de Braque dont je connaissais les illustrations qu'il avait faites du recueil de René Char, *Lettera amorosa*, que mon avocat m'avait offert à la fin de mon procès. J'ai aimé ces poèmes et surtout le nom du poète, le participe passé du verbe renaître et le char pour m'évader ; ou alors le char pour me conduire à l'échafaud. C'était l'image que j'avais des condamnés à mort, celle de la reine Marie-Antoinette que j'avais vue dans mes livres d'histoire.

Ici à Essaouira, j'ai réussi ces deux dernières années à vivre ce miracle des commencements qui n'en finissent jamais. Je n'attends rien d'autre. Mais hier j'ai senti à quel point l'édifice que j'avais construit était fragile et pouvait trembler tout entier. Comme tous les vendredis, avec le coucher du soleil, nous nous retrouvons entre expatriés sur la plage. J'y suis allée avec Jean. Je ne sais plus comment la conversation est arrivée sur le sujet mais Christiane, une prof de maths en coopération, s'est mise à déblatérer sur Brigitte Bardot et la sortie du film *Vie privée*. Elle s'est attaquée à la façon dont l'actrice avait toujours utilisé son corps pour gagner sa vie. Christiane, qui se trouvait en Suisse au moment du tournage, a rappelé comment Bardot s'était fait insulter par les Genevois qui avaient manifesté leur écœurement de voir l'actrice sur leur territoire avec force slogans : « Qu'elle aille chez elle, en France, faire ses saloperies. Nous on veut la paix en Suisse. Qu'elle crève. Des ordures pour les ordures. Qu'on rouvre les maisons closes pour la mettre dedans avec une caméra !! » Les mêmes insultes que celles que j'avais connues à la fin de la guerre. Toutes les autres filles se sont engouffrées dans cette brèche, toutes la condamnaient, aucune ne la plaignait, elle avait ce qu'elle méritait. Seul Jean s'est interposé aussi violemment que si l'on m'avait insultée. J'ai aimé le voir prendre la défense de l'actrice si sauvage, si naturelle, tellement naturelle qu'elle ne semble même pas jouer. Sauf, a-t-il ajouté, dans *La Vérité*. Mon cœur s'est arrêté de battre une seconde. Je l'ai réellement senti. D'après lui, dans ce film elle avait fait la preuve qu'elle était une grande actrice. Il a évoqué l'unanimité de la presse à ce sujet et a fini par conclure en jetant aux filles qu'elles étaient jalouses de sa beauté, de sa liberté et de son indépendance morale. J'ai trouvé rassurant ce qu'il disait et je n'ai pas douté qu'il dirait la même chose de moi s'il connaissait mon lien effroyable à ce film. Sait-il que le scénario est inspiré d'une histoire vraie ? La discussion s'est emballée. J'avais oublié à quel point le cinéma était le sujet de conversation parfait entre personnes qui n'ont rien à se dire, toujours les mêmes mots : j'ai trouvé ça fort, beau, intéressant, ou alors nul, sans intérêt, l'actrice ceci, l'acteur cela. La pauvreté du vocabulaire en matière artistique est à peu près la même que dans le domaine amoureux qui se réduit, lui aussi, à peu d'expressions : je t'aime, tu me manques, tu es ma vie, je ne peux pas vivre sans toi. Et qui nous émerveillent pourtant. Comme je ne disais rien, Jean m'a demandé mon avis, cherchant un appui de ma part.

— Je n'ai pas d'avis.

— Mais, tout le monde a un avis sur Bardot.

— Eh bien moi je n'en ai pas.

— Tu n'as pas vu *La Vérité* ?

— Si, je l'ai vu.

— Et tu n'as pas aimé ce film ?

— Non.

— Comment c'est possible ?

— Je ne l'ai pas aimé, c'est tout.

Tous les regards se sont tournés vers moi. Et je me suis entendue répondre, espérant mettre un terme à cette torture :

— Peut-être que je ne l'ai pas vu dans de bonnes conditions.

Jean alimentait le feu de camp en même temps que la conversation qui bifurquait sur le film, opposant le personnage de Marie-José Nat (la sœur) au personnage de Bardot. Je n'ai jamais eu de sœur mais j'avais bien compris que par ce truchement le cinéaste avait coupé mon personnage en deux, la fille studieuse d'un côté et la fille perdue de l'autre, la folle des études et la folle du sexe. Cette distorsion n'eut à l'époque pas d'autre effet que de me faire comprendre à quel point, d'après le cinéaste, j'avais suivi mes mauvais penchants, ceux qui m'avaient conduite au crime alors que si j'avais suivi les bons je serais une femme heureuse et mariée. C'est tout ce moralisme du cinéma qui me dégoûte.

— D'après toi Andrée, puisque tu n'as pas aimé le film, pourquoi elle se tue à la fin ? m'a demandé Christiane en croisant ses petites jambes fluettes dans son pantalon corsaire pour se mettre en position de yoga.

— Je ne sais pas… peut-être parce qu'elle ne croit plus en la vie… où qu'elle n'y a plus sa place.

— Tu crois qu'elle va chercher des trucs comme ça, toi ? Moi je pense que c'est plutôt parce qu'elle a honte de ce qu'elle a fait.

— Honte ? Non !!

Jean ne me quittait plus du regard mais je ne pouvais plus faire machine arrière après une telle exclamation qui avait failli faire tomber mon masque.

— Ce que je veux dire c'est que la honte ne me paraît pas suffisante pour se tuer, du moins pas pour quelqu'un de si jeune.

— Elle ne meurt pas d'amour non plus, a dit Christiane.

— Alors, à ton avis, de quoi elle meurt ? m'a interrogée Jean dont le regard, à ce moment, me fit peur.

— Je crois qu'on ne peut mourir que d'être désaimée. Et ça, ce n'est pas mourir d'amour, c'est même l'inverse.

Le silence des autres et le regard de Jean étaient si gênants que j'eus l'impression qu'ils effaçaient le bruit des vagues et je me sentis obligée d'ajouter : « Enfin je crois », pour déverrouiller toute forme d'inquiétude à mon sujet, loin d'imaginer ce que Jean allait me demander quelques heures plus tard.

« Veux-tu devenir ma femme ? »

J'ai dit oui. Plusieurs fois en me jetant à son cou maintenant que le bonheur semble vouloir de moi ; peut-être aussi parce que je me vois dans le regard de Jean tout entière et sans une ombre sur mon visage.

C'est une folie, je le sais. Comment ai-je pu tout oublier de ma vie en quelques secondes après la séance sur la plage ? Mais je n'ai pas su résister à la poésie de cet homme, pas plus que je ne peux résister à la poésie de ce pays. Tout ici a un pouvoir poétique jusqu'aux objets, même si je suis bien incapable de dire ce que ce mot désigne exactement ou recouvre, comme si la poésie était le pouvoir des choses humaines invisibles sur les choses misérables et visibles de la vie ordinaire. C'est un mystère qui échappe à Dieu. C'est une vision des choses qui n'appartient qu'aux êtres humains et qui semble pourtant faite de la même substance mystérieuse que

Dieu. Elle s'exerce partout autour de moi depuis mon arrivée et modifie ma perception de la réalité. Les hommes et les femmes du Maroc sont d'abord faits de poésie, d'une poignée de sable et d'un peu d'eau de mer. Si je m'obstine à ne pas vouloir parler l'arabe, ni à le comprendre – surtout à ne pas le comprendre –, Jean, lui, le parle couramment et commence même à l'écrire. « C'est une écriture de savants et d'artistes », dit-il toujours. C'est lui qui m'a dit qu'Essaouira signifiait en dialecte *la bien gardée*. On aurait dit qu'il savait tout de moi puisqu'il a ajouté : « C'est une définition qui te va bien parce que tu es une femme terriblement secrète, jamais tu ne parles de toi. »

Je me souviens ce jour-là avoir été légèrement hésitante dans ma réponse, sentant d'instinct que je devais jouer avec cette idée du secret plutôt que de m'en défendre. Il a souri puis dévoré mes lèvres de baisers, et le verbe « aimer » s'est écrasé sur ma bouche. De ce jour il m'a appelé sa « bien gardée ». Quand ses amis s'en étonnent encore, il n'hésite pas à transformer le sens de cette expression et affirme que je lui appartiens et qu'il est mon gardien. J'aime son mensonge qui dit son désir de possession. Être possédée par un homme, je n'ai rien désiré d'autre dans ma vie.

Ma mère a compris bien avant moi qu'il allait me demander en mariage. « Renonce ! Crois-moi ce sera bien plus douloureux d'être rejetée que de te sacrifier. Ton sacrifice aura un sens au moins, alors que la douleur d'être repoussée n'en aura pas. Il ne sait même pas que tu t'appelles Pauline, il croit qu'Andrée est ton vrai prénom. Tu pourras le lui cacher combien de temps ? Maintenant, si tu ne peux pas vivre sans cet homme – je sais ce que c'est qu'un homme qui peut rendre une femme folle d'amour –, mens, je t'en supplie ! »

Ce fut la seule fois qu'elle évoqua la folie amoureuse qu'elle avait vécue avec mon père. Quelle douleur plus aiguë et plus insoutenable que toutes celles que j'avais connues avait-elle imaginée pour moi, si je révélais à Jean la vérité sur mon passé et qu'il ne réagisse pas comme je l'espérais, pour me conseiller le mensonge, elle si pieuse et si vertueuse ?

Comment pourrais-je épouser cet homme qui, avec la langue arabe, m'a ramenée à la vie, sans lui dire que ce prénom que je porte n'est pas mon prénom ; sans lui dire que ce film qu'il a vu trois fois est inspiré de ma vie ; sans lui dire que le personnage qu'incarne Brigitte Bardot est censé être moi ; sans lui dire que j'ai été, comme elle dans le film, condamnée pour avoir tué un homme qui ne voulait plus m'aimer ; sans lui dire que l'amour que je ressens pour lui me rend plus libre que ma sortie de prison ? Je me rends compte que moi-même je finis par réduire ma vie à mon crime, à mon procès et à ces années de prison. Je ne peux pas y échapper. Et puis, il faudra bien, ne serait-ce que pour publier les bans, produire un extrait de naissance, et il découvrira que je ne m'appelle pas Andrée mais Pauline Dubuisson. Se souviendra-t-il de ce qu'il a lu dans la presse au sujet de cette fille que les journalistes avaient nommée « l'infâme, l'orgueilleuse sanguinaire » ou « la Messaline des hôpitaux » ? Peut-être n'a-t-il pas suivi l'affaire, les affaires criminelles n'intéressent pas tout le monde, mais il a sûrement lu les articles au moment de la sortie du film. Possible qu'il ne fasse pas le lien, mais il me demandera, sans arrière-pensée, j'en suis sûre, pourquoi j'ai voulu changer de prénom. C'est une question que l'on pose inévitablement à ceux qui ont renoncé à leur prénom de baptême. Pauline est un prénom bien plus joli qu'Andrée, plus féminin ; je suis sûre qu'il préférera Pauline à Andrée ; je suis même sûre qu'il trouvera que Pauline me va beaucoup mieux. Je pourrais toujours inventer une histoire, lui dire qu'après la mort de mon père (sans lui raconter les circonstances) j'ai tenu à prendre son prénom pour lui rendre hommage. Ce ne serait qu'un demi-mensonge, peut-être même acceptable. Malgré ce que tout le monde a cru je n'ai jamais aimé le mensonge.

Sa passion pour Brigitte Bardot aurait dû m'éloigner de lui, mais je pensais être capable de relever le défi. Non seulement il a vu tous ses films, non seulement il a vu *La Vérité*, mais il conserve son portrait dans le médaillon du porte-clés de sa Triumph. Heureusement quand il ne conduit pas il le garde dans sa poche. Mais chaque fois que nous partons nous balader, quelquefois jusqu'au désert, le beau visage de l'actrice se balance au starter et me menace. J'ai pensé lui offrir un autre porte-clés, avec pour médaillon le saint patron qui protège les voyageurs, un saint Christophe, en or gainé de cuir, mais j'y ai renoncé de peur qu'il prenne ce cadeau pour preuve de ma jalousie envers l'actrice. Je craignais surtout les discussions que cela aurait pu entraîner. Alors, j'ai gardé le saint Christophe dans le tiroir de ma table de nuit.

Jean est passé me chercher au dispensaire cet après-midi. Il voulait qu'on aille à la plage. J'avais envie d'écrire mais on ne dit pas que l'on veut rentrer chez soi pour écrire quand on n'est pas un écrivain. Je l'ai suivi. Nous avons nagé longtemps. J'aime son corps de sportif, ses cuisses longues et musclées, j'aime le regarder m'aimer ou faire le pitre pour me séduire encore, j'aime sentir sa peau, j'aime ses baisers qui m'envoûtent, j'aime m'épuiser dans son regard même si aujourd'hui je n'arrive plus à m'y voir comme les autres jours, je revois Pauline et Pauline me défie. Il m'a dit : « Qu'est-ce que c'est que cette ombre dans tes yeux, puisque maintenant tu sais que nous n'allons plus nous quitter, jamais ? »

Tout va trop vite. J'aurais pourtant dû anticiper ces choses splendides et terrifiantes. Au contraire, je ne me suis posé aucune question, je n'ai laissé personne me dicter ma conduite amoureuse, surtout pas ma mère. Je n'arrête pas de penser à elle. Cette nuit j'ai envie de lui écrire pour lui dire que je m'en veux de ne pas l'avoir aimée comme elle le méritait. Une femme, aussi simple et si solide, qui a connu l'amour inconditionnel, la douleur de perdre deux fils à la guerre, un mari qui s'est suicidé à cause de moi (bien qu'elle ne m'ait jamais fait ce reproche, c'est même ce qui est incompréhensible) et une fille qui est passée devant les assises pour meurtre, a nécessairement le pouvoir de pressentir le drame bien avant qu'il ait lieu. Je n'avais pas encore compris que ce n'était pas l'amour, ni le désir, ni la sexualité qui faisait une femme mais sa prodigieuse capacité à affronter et à transformer la vie comme aucun homme ne serait capable de le faire. Eux savent se battre contre des choses concrètes, contre des bêtes, contre les intempéries, contre des ennemis, alors que les femmes sont capables de se battre contre l'inconnu, contre les mauvais esprits, contre le Destin. Est-ce à cause de l'éducation que mon père m'a donnée que ma façon de réagir s'apparente souvent plus à celles des hommes qu'à celles des femmes ? Ma mère, elle, a toujours deviné les dangers et les a devancés. Alors, pourquoi je m'obstine encore aujourd'hui à ne pas vouloir l'écouter, elle qui a connu toutes ces épreuves et supporté mes dérapages et mon hystérie qui, je m'en étais convaincue, me libéraient de ses fadaises ménagères ? Pourquoi, après tous ces déserts qu'elle a traversés à mes côtés, ou marchant sur le bord sans jamais me perdre de vue, je n'arrive toujours pas à lui faire confiance ? Pourquoi je la ressens encore comme une menace ? Peut-être parce que j'ai fini par croire que ses mots étaient des sortilèges, bien plus que des avertissements ou des conseils, puisque tout ce contre quoi elle m'avait mise en garde est advenu. Quand je l'ai raccompagnée à l'aéroport la dernière fois, elle m'a dit : « N'oublie pas que Jean n'est qu'un homme. » C'est une parole d'une femme à une autre femme. Mais c'est peut-être une hauteur à laquelle je n'arrive pas à me tenir ? Quand ma mère dit d'un homme qu'il n'est qu'un homme, outre qu'elle lui reconnaît la puissance de sa virilité, elle en souligne du même coup toutes les faiblesses morales, ne lui concédant aucune capacité au pardon, c'est-à-dire aucune capacité à entendre la vérité. Jamais ma mère ne s'était prononcée avec autant de netteté sur la défaillance des hommes, elle qui fut pendant trente ans à la tête d'une famille qui comportait quatre hommes, entre mon père et mes trois frères. Je n'osai pas lui demander à quelles expériences elle faisait allusion pour être si définitive dans son jugement. Je ne la connaissais pas aussi bien que je le prétendais, même si j'avais partagé sa vie au temps de mon enfance et de mon adolescence. Peut-être aussi faisait-elle plus directement allusion à Félix. Elle craignait que ça recommence, que je me retrouve dans le même état de folie, que je perde pied à nouveau et que je tue encore une fois.

Pour la seconde fois de ma vie je me retrouve dans la même situation : devoir dire la vérité sur mon passé à un homme qui veut m'épouser. À Félix j'avais dû révéler que j'avais été tondue à la Libération ; à Jean je dois dire que j'ai été condamnée pour le meurtre de Félix.

L'écriture n'attend rien de moi. C'est moi qui attends tout d'elle. Je suis restée assise des heures sous la tonnelle de la terrasse, des litres de thé, des mégots dans le cendrier et rien n'est venu. J'ai refermé mon cahier et je suis retournée à l'intérieur.

Je suis restée allongée tout le reste de la journée, le bras en bandeau sur les yeux, tremblante à l'idée de devoir dire demain à Jean la vérité sur ma vie. Ce n'est pas l'idée de cette révélation qui m'a tenue clouée sur le sofa mais des odeurs de tabac brun dans toute la maison. Au début j'ai cru que Jean, qui fume des Gitane, s'était caché pour me surprendre, mais la maison sans recoins était vide ; ensuite j'ai pensé que quelqu'un fumait en contrebas de la terrasse, mais il n'y avait personne. J'ai même eu l'impression que cette odeur étrange venait de mes vêtements et de la couverture berbère qui en étaient imprégnés. Ce n'était pas non plus l'odeur de mes cigarettes, même si le cendrier était plein, je ne fume que des Royale. C'était comme si quelque chose ou quelqu'un voulait m'occuper tout entière sans se révéler à moi, une espèce de fantôme qui aurait empoisonné tout l'espace où je veux écrire, écrire absolument parce que je me sens incapable de parler à Jean. Cette odeur me rassurait. Alors je me suis laissé envahir sans plus aucune résistance. J'allais m'endormir quand j'ai reconnu cette odeur si particulière faite de tabac et de pierre à feu, c'était celle des grands fumeurs de tabac brun, des cigarettes de mes frères morts à la guerre, du tabac à pipe de mon père et de la pierre à feu de leurs briquets. Étrange sensation tant d'années après que de pouvoir sentir à nouveau ces effluves remonter du passé sans avoir sollicité ma mémoire. J'ai fini par accepter l'idée que mes morts me revenaient, comme s'ils m'avaient retrouvée après m'avoir longtemps cherchée. Maintenant encore ils sont autour de moi, agités, en colère, tordus en volutes invisibles. J'ai beau me raisonner, me dire que tout ceci est un effet de mon imagination, ça finit quand même par m'envelopper dans une sorte de lange de nicotine. Chahutée, puis bercée, puis à nouveau chahutée, j'hésite entre le ravissement et la terreur. Dès la première minute la sensation a été effroyablement agréable et je m'en suis délectée, elle fut un refuge à mon angoisse ; mais maintenant elle tourne très vite comme un mauvais parfum sur la peau. La sensation devient plus menaçante : le lange se transforme en bâillon. Ça veut m'empêcher d'écrire. Ça se glisse entre mon corps et le cahier. Je sens bien qu'il faut que je résiste encore à ces fantômes. Je ne peux pas toujours me laisser faire par les morts et par le destin.

À force de me répéter : « Les morts ne s'occupent pas des vivants, les morts ne s'occupent pas des vivants », inlassablement, « les morts sont morts, les vivants sont seuls à pouvoir menacer les vivants », j'ai réussi à chasser cette hallucination. Tout vient de moi. Alors de quoi j'ai peur ? De retrouver enfouie dans mon histoire la preuve de ma culpabilité comme mes juges l'ont si bien trouvée, et de donner à Jean toutes les raisons de me rejeter ; ou bien de trouver autre chose, une révélation plus affolante qui me briserait ? Pourquoi je n'envisage que le pire ? Pourquoi n'y trouverai-je pas aussi une bonne raison pour vivre avec Jean ou pour vivre, simplement, sans avoir à me justifier ? C'est tout ce qui me manque pour rendre l'idée du bonheur acceptable.

Deuxième cahier

Jean, c'est pour toi que j'écris ce cahier. Je m'appelle Pauline Dubuisson et j'ai tué un homme. Mais personne ne naît assassin. Alors il faut croire que le crime est comme la poésie, la conséquence de choses mystérieuses et immaîtrisables. Sauf que je ne sais pas lesquelles. L'histoire de ma vie est aussi une longue histoire des morts que je ne veux pas déranger, ni mettre en colère, même si j'espère, au plus profond de moi, réussir à leur arracher ces morceaux de moi, de moi et d'eux qu'ils ont emportés dans leur tombe, sans savoir lesquels.

C'est pour toi et pour nous que je veux refaire ce chemin dans l'écriture, pour t'offrir plus que ma culpabilité et bien plus que mon crime. Je voudrais que tu sois là maintenant, près de moi, je voudrais te parler comme on écrit, je voudrais que tu me pardonnes ce que personne ne m'a pardonné mais comment le pourrais-tu sans tout connaître de moi ? Et je ne veux pas que tu me juges. Je ne suis même pas sûre de vouloir que tu me pardonnes. Je veux que tu m'écoutes. Je veux te raconter toute ma vie, sans rien oublier. Mais les scènes de mon passé me reviennent par lambeaux, surtout celles de mon enfance, et quand elles me reviennent c'est dans un désordre inexplicable. Il faut croire que le passé ne s'est pas encore constitué en une matière fiable, en une concrétion solide des souvenirs, comme cela est le cas chez les gens plus âgés et sur laquelle ils semblent tous avoir trouvé un refuge à leur nostalgie. Je ne sais pas comment m'y prendre. C'est terrible de vouloir ardemment qu'une chose arrive sans savoir comment elle peut venir. Alors, je vais commencer comme dans le film que tu aimes tant : par mon procès, puisque tout s'achève et recommence à cet endroit de ma vie.

Le crime passionnel est un des rares crimes pardonnables, m'avait dit mon avocat. Mais personne ne voulait me pardonner. Ils voulaient tous faire la démonstration de mon goût pour le crime et pour le sang. Personne pour croire ni à la malchance ni au malheur. Et les efforts qu'ils produisaient pour extraire leur vérité n'étaient pas sans m'évoquer ceux que j'avais vu produire par ma mère, dans le jardin de notre maison, quand elle se mettait à déraciner les ronces ou les chardons à mains nues ; il faut être saisi d'une sorte de folie pour s'épuiser ainsi, il faut quelque chose de plus fort que le simple désir de voir la beauté du jardin retrouvée, il faut avoir une sainte horreur de la sauvagerie. De la même façon, ils ont fouillé mon crime pour tenter de trouver l'élément qui aurait prouvé la préméditation. Ils se sont donné un mal de chien, se dressant, dénonçant, s'indignant, accusant, décortiquant le dossier, reconstituant un scénario possible de la nuit du crime. Ils voulaient tous, et en toute quiétude, obtenir la peine de mort. Ils voulaient me tuer. Pas uniquement à cause de mon crime qui vu les circonstances et mon âge aurait pu sinon être pardonné (je n'ai jamais demandé le pardon) du moins être compris. Ma mère pensait que cet acharnement était lié au suicide de mon père dont on me tenait responsable ; mais aucun de mes juges ne le connaissait, même s'ils ont rappelé ses faits d'armes à Verdun. Ma mère avait vu juste d'une certaine façon. C'était bien pour une autre raison, plus grave que mon crime : parce que j'avais été tondue à la Libération. Et ils voulaient finir le travail des épurateurs, venger l'honneur de la France. Pour eux je restais la femme tondue qui avait tué un homme en temps de paix, et pas n'importe quel homme ! Un Français irréprochable, issu d'une famille de résistants et de catholiques.

La femme tondue ? Je n'étais pas une femme à l'époque de ce supplice, je n'avais pas encore dix-sept ans. C'est un point sur lequel j'ai encore du mal à revenir. Je te demande d'être patient parce que je ne peux pas évoquer cette journée sans ressentir encore la terreur qu'elle m'a procurée, ni les conséquences qu'elle a eues sur ma vie et qu'elles peuvent avoir encore puisque j'ai décidé de tout te dire, te dire ce que je n'ai jamais dit à personne, pas même à mon procès. Pendant ces trois semaines d'audiences, j'ai eu l'impression que cette guerre n'était toujours pas finie, d'autant moins (je pourrais le parier) qu'aucun de mes juges ne l'avait faite, ou alors pas du côté des héros. Mais ils la refaisaient avec moi dans ce tribunal. La confusion était partout et il ne s'est pas passé une audience sans que ce jour de vengeance nationale n'ait entaché mon procès. Cette tonsure publique, sans qu'ils n'aient jamais osé le formuler mais en le laissant rappeler par les « témoins de moralité », était pour eux la preuve incontestable de ma nature dépravée qui m'avait conduite à devenir une meurtrière de sang-froid. Certes, il y avait un lien entre ces deux événements mais pas de cette nature. Leur désir de me tuer était si fort qu'il était visible partout, il irradiait et ils jouissaient de me voir trembler. Mais je ne tremblais pas pour moi, je tremblais pour ma mère dans la salle, dont personne ne semblait tenir compte. Grâce à l'acharnement de mon avocat et sans preuve de la préméditation (puisqu'il n'y avait pas eu préméditation), ils ne parvenaient pas à obtenir la peine de mort, d'autant que je refusai de faire des aveux. Je restai impassible, assise dans le box des accusés, froide, disaient-ils. C'est curieux qu'on n'utilise pas l'expression au singulier, le box de l'accusé. À quelle lignée de criminels chaque prévenu est associé dès qu'il apparaît dans un tribunal ? Comment échapper à cette malédiction ? Pourtant on y est affreusement seul. Le mot box aussi est une incongruité qui révèle un certain malaise de la Justice puisqu'il a fallu donner un mot anglais pour désigner cet endroit où se tient chaque accusé, alors que nous avons des mots pour tous les objets et toutes les choses en français, sauf pour cet endroit minuscule. Quelquefois quand le juge me demandait de me lever j'avais l'impression d'être, comme dans les fêtes foraines, un personnage en carton bouilli qu'il fallait déglinguer à distance. Mon père avait gardé un de ses jouets d'enfants : trois Prussiens moustachus de la guerre de 1870, en costume à brandebourgs et casques à pointe dont les bustes apparaissaient au-dessus d'une barrière ; il fallait les abattre avec une balle en chiffon à défaut d'une balle de fusil. Il disait que sans ce jeu d'enfant l'idée de reconquérir l'Alsace et la Lorraine ne se serait pas ancrée en lui avec autant de force.

J'ai du mal à me souvenir de mon père. Ça passe par des détours étranges, par ce jouet d'enfant, parce que je suis incapable en vérité d'affronter son souvenir ; il faut qu'une pensée m'y conduise ou m'y fasse échouer presque par erreur. Je me souviens de son goût pour les mots et pour la langue française, et je suis certaine que s'il avait assisté à mon procès il aurait compris, bien avant moi, ce qui se tramait en réalité : en fins praticiens de la langue eux aussi, mes juges étaient confrontés à un problème de taille d'après ce que m'avait dit mon avocat qui croyait de toutes ses forces au pouvoir du langage : la préméditation qualifie le crime en assassinat, sauf que le substantif « assassine » qui conviendrait pour désigner une femme qui aurait prémédité son meurtre n'existe pas dans la langue française, il ne vaut que pour adjectif. Floriot et les autres s'arrangeaient de cette distorsion du français. Ils slalomaient donc comme ils pouvaient dans la langue qui les encombrait à cet endroit, comme d'autres mots les encombraient tout autant, incapables de les prononcer : le mot « salope » par exemple, impossible de l'entendre dans la bouche de ces hommes irréprochables, coupes de cheveux impeccables, cravates en soie et costumes sur mesure sous leurs robes noires. C'est pourtant ce qu'ils pensaient tous, que j'étais une petite salope, une sale traînée, une chienne en chaleur. Je l'entendais dans la façon dont ils s'adressaient à moi : vous, folle d'amour ; vous, folle de votre image ; vous, folle de votre corps ; vous, folle de vos vices ; vous, folle de jalousie. Ils s'adressaient à moi, sans me regarder, terrifiés à l'idée de devoir peut-être répondre à l'appel d'une sirène alors que je n'avais que vingt-trois ans et que j'étais terrorisée. Pour cacher ma peur je prenais soin de m'habiller avec la plus grande simplicité. « L'élégance est une civilisation », m'avait toujours dit ma mère. Ce qui gênait mes accusateurs, c'est que je n'avais pas l'allure de mon crime. Ils auraient préféré me voir habillée comme une pute. C'est d'ailleurs ce que les scénaristes du film font dire à mon avocat, ou du moins à l'avocat du personnage de Brigitte Bardot, c'est même sa première réplique dans le film : « J'espère qu'elle ne s'est pas habillée en pute. » Elle apparaît comme une sainte, immaculée, col Claudine sur une petite robe noire, les cheveux bien coiffés en banane. Son avocat est le premier étonné par cette apparition dans le box des accusés. Comment d'emblée ne pas penser qu'elle est une manipulatrice, offrant une image de jeune fille parfaite, capable de tout pour arriver à ses fins, alors qu'elle passe son temps à se pavaner à demi nue et tout échevelée dans le reste du film ?

J'ai eu si peur de ce procès que j'ai pensé pouvoir m'y soustraire en faisant une nouvelle tentative de suicide la veille de son ouverture. Ma troisième tentative. J'ai été sauvée de justesse. Je ne suis donc apparue à mon procès que le deuxième jour, et maître Floriot, comme l'avocat de la partie civile interprété par Paul Meurisse dans le film, m'a lancé la phrase que tous les journaux ont célébrée le lendemain : « Alors si je comprends bien mademoiselle Dubuisson, vous ratez tous vos suicides et vous ne réussissez que vos meurtres ! »

Vos meurtres ? Sûrement ajoutait-il à mon tableau de chasse la mort de mon père. Parfois au cours de ces longues journées de procès je réussissais à m'échapper, quelques effractions rapides dans mon passé (celui que personne n'évoquait jamais), pour me souvenir de mon premier jour d'école, de ce bonheur que je ressentais d'aller apprendre ; du premier western que j'ai vu avec mes frères, serrée entre eux dans la salle de cinéma ; de mes premières terreurs un matin d'automne où mon père m'a emmenée chasser en forêt ; des *Claudine*, les premiers vrais romans que j'ai lus ; de ce jour où j'ai déclaré, à treize ans, en plein déjeuner, que je serais médecin, de mon premier baiser dans un parc public qui m'avait renversée. J'ai dû sourire au souvenir de l'une de ces petites naissances dans ma vie, alors maître Floriot, l'avocat de la famille de Félix, a bondi, pointant un doigt accusateur dans ma direction, exigeant que la cour me surprenne et impute ce sourire à ma froideur et à mon sadisme. J'essayais juste de ne pas me noyer.

Ma vie n'était plus qu'un cadavre que les experts, les psychiatres, les témoins, les avocats et les juges manipulaient comme s'ils pratiquaient une autopsie, à la différence près que les médecins légistes gardent envers le mort une sincère considération, pouvant même s'adresser à lui avec déférence. J'ai même connu un légiste qui présentait ses excuses au cadavre avant de l'ouvrir avec sa tenaille. On m'ouvrait avec une tenaille. Mais j'étais vivante, les yeux et les oreilles grands ouverts. On ne cherchait, dans le cadavre de ma vie, que les preuves de ma criminalité patente, des éléments à charge qui pouvaient non pas éclairer mon geste mais le certifier. C'est une fouille à corps ouvert, une dépossession totale de mon passé le plus intime dans lequel on ne cherchait ni les beautés de mon existence, ni les merveilles, ni les vertus, ni les idéaux, ni l'amour, ni la sincérité, ni le bien, rien qui aurait pu faire apparaître la présence d'une humanité en moi. Tous pensaient au corps sans vie de ma victime qui gisait sous la terre, dans le froid. C'est ainsi qu'ils ont appelé Félix tout le temps du procès, « la victime ». Dans son corps à lui, ils n'ont trouvé que les traces nocives de ma présence ; pour le reste il n'était que beautés, merveilles et promesses. C'était vrai qu'il était tout cela aussi. Pourquoi croyaient-ils que je l'aimais ?

C'est sûrement parce que je pense à toi en écrivant que les images du film me reviennent quelquefois plus facilement que celles de mon passé et y font écran. C'est comme si je devais les traverser pour aller de l'autre côté en chercher d'autres, les miennes. As-tu remarqué que dans tous les films contemporains les jeunes gens ne semblent pas avoir d'histoire, qu'ils seraient une espèce de génération spontanée, qu'ils n'auraient pas connu la guerre ? Le personnage de Bardot dans le film n'évoque jamais cette période alors que je suis née entre les deux grandes guerres, comme toi, comme elle.

J'étais la petite dernière dans cette famille qui comptait avant ma naissance trois garçons, trois gaillards que j'adorais, surtout mon frère aîné qui avait presque l'âge d'être mon père. J'ai toujours aimé cette maison et son jardin que ma mère organisait en éden. L'enfance fut donc bien un paradis mais je ne savais pas qu'il était écrit que nous devions tous en être chassés un jour pour être jetés dans les ronces de la vie réelle. À chaque repas j'étais toujours assise à table face à mes grands frères et tout à côté de mon père. Je n'aimais pas cette place parce que je ne pouvais pas le voir, il aurait fallu que je tourne sans cesse la tête pour l'admirer et j'aurais eu bien trop peur que ma passion pour lui fût découverte. Du coup, je passais une grande partie du repas à regarder ses mains habiles et puissantes qui jouaient parfois avec son rond de serviette, d'autres fois avec son couteau. La guerre n'était pas encore déclarée mais à cause des angoisses de ma mère son ombre la devançait et provoquait une sorte de tremblement qui faisait légèrement vibrer les jours et les nuits : plus l'échéance approchait, plus ma mère s'agitait, faisant apparaître le spectre de la guerre de 14 dans sa cuisine, non pas le spectre de toute la guerre, seulement celui de l'occupation de Lille par les Allemands. Mon père ne parlait jamais de la Grande Guerre et se contentait de se rendre tous les 11 Novembre au monument aux morts saluer ses copains tombés au champ d'honneur, tous ceux que la guerre avait soufflés près de lui sans jamais le choisir. Avoir échappé à ce carnage était la cause même de son silence. Loin de lui l'idée qu'il fallait témoigner, il avait survécu et devait donc s'estimer heureux et se taire. Seuls les morts avaient le droit de parler. Ma mère, qui en dehors de chez elle restait toujours sur la réserve, régnait dans sa maison et n'hésitait pas à prendre la parole au nom des populations civiles exterminées à Lille et que personne, à part elle, n'évoquait. Chaque fois que nous refusions de reprendre de son poulet, de son bourguignon ou de sa gibelotte, elle nous racontait la façon dont les Allemands avaient été capables d'affamer une ville tout entière. « Rien, disait-elle, ils n'ont rien laissé aux Français, ils les ont saignés comme on saigne des poulets. Fallait voir ces Allemands, ils étaient arrivés maigres comme des coucous mais quand ils sont repartis, ils étaient gras comme des chapons. Alors s'ils reviennent ils recommenceront : ils nous prendront tout, je n'aurais plus rien à cuisiner et nous mourrons de faim, alors vous feriez mieux de manger. »

Mon père était plus confiant. En tant que patron d'une entreprise de travaux publics bien plus qu'ancien combattant, il invoquait Maginot pour lequel il éprouvait l'admiration d'un constructeur envers un autre constructeur, lui-même grand défenseur du béton. Ma mère ne pouvait même pas imaginer ce que signifiait ce « muscle de pierre », comme l'avait appelé Maginot qui portait le même prénom que mon père, André. Pour elle il s'agissait d'une ligne de défense à nos frontières qui ne la rassurait pas plus que ça et qui coûtait une fortune aux Français.

« Les Allemands sont comme des ogres, reprenait-elle sans se soucier de l'air de son mari, ils ne savent pas ce que c'est que la faim et pourtant ils ne sont jamais rassasiés ! Ceci dit c'est normal, ils n'ont jamais été occupés, eux ! » Un jour, alors que nous connaissions par cœur ses arguments, mon père s'opposa à elle. « Tu te trompes sur l'occupation. » Le trouble s'empara d'elle ; en quelques secondes elle feuilleta sa mémoire de l'histoire pour vérifier si quelque chose avait pu lui échapper mais elle ne trouva pas les traces de la moindre occupation des Allemands par les Français ni en 70, ni en 14. « Et la Ruhr en 23, on ne l'a pas occupée peut-être ? Et la Ruhr, ma chérie (il prenait toujours soin de l'appeler chérie pour la rassurer), c'est bien en Allemagne ? Presque trois ans d'occupation ! »

Peut-être ! Mais pour elle l'occupation de la Ruhr était une conséquence de la guerre, pas la guerre ! « Jamais on ne me fera accepter ce qui s'est passé ici, reprit-elle en nous servant une nouvelle assiettée, quand on pense que la sœur de Mme Villaume, qui était institutrice à Lille, est allée, toute seule, supplier plusieurs fois le commandant en chef à l'état-major allemand de laisser au moins la part du lait qui revenait aux enfants. Il paraît qu'elle lui a même dit : "C'est comme si vous vous en preniez aux anges quand ils prennent leur part sur le vin." Elle savait ce qu'elle disait : c'était un ivrogne ! Et en ivrogne qu'il était, comme il ne pouvait pas se venger sur les anges, il s'est vengé sur les enfants et il a refusé ! » Je revois ma mère répéter plusieurs fois de suite : « C'est humain, ça ?! Et, poursuivit-elle, je suis bien sûre que nous n'avons pas fait la même chose dans la Ruhr. » Mon père ne répondit pas, même s'il était loin de partager la naïveté de sa femme sur la vertu française.

Cette histoire d'occupation me terrifiait. Je me réveillais parfois la nuit pour m'extirper des pires cauchemars où je subissais les pires supplices par des Allemands à casques pointus. Mais, chaque jour, elle recommençait son récit, comme si quelque chose de plus fort que son désir de nous faire peur la poussait à revenir sur cette période qui au fond la terrorisait. Elle se souvenait des Anglais obligés de verser des litres d'eau de Cologne sur leurs mouchoirs qu'ils tenaient devant leurs nez quand ils sont entrés dans Lille pour la libérer à cause de l'odeur de putréfaction dans les rues jonchées de petits cadavres d'enfants aux ventres gonflés d'air.

Ils n'avaient pas été tués par des rafales de mitraillettes ou des obus, ni même par les gaz moutarde, mais ils avaient été affamés pendant deux ans. Elle insistait sur l'atrocité de cette mort très lente, qui vous plonge dans des souffrances épouvantables à vous tordre le ventre, n'hésitant pas à nous rappeler que tous ces enfants morts de faim auraient bien aimé avoir ne serait-ce qu'un morceau de pain pour rester en vie. « Et vous, vous faites les difficiles ?! » Elle terminait son implacable monologue par : « Tout le monde viendra au temple avec moi dimanche pour remercier Dieu de ne pas avoir connu la guerre et prier pour qu'elle ne revienne pas. »

« Il n'y aura pas de guerre », conclut ce jour-là mon père tout en s'essuyant la bouche avec sa serviette qu'il posait tout près de son assiette, tout près de ma main. Prêt à faire une déclaration, il regarda ses trois fils et ajouta : « Continuez à bien travailler, c'est tout ce qu'on vous demande. Toi aussi Pauline, même si les filles sont moins en danger en période de guerre que les garçons. » Il était loin d'imaginer ce que la guerre nous réservait à nous les femmes. Il n'oublia pas de remercier ma mère pour son repas et de saluer une fois de plus ses dons exceptionnels de cuisinière avant d'aller faire une courte sieste digestive. Quelquefois, en été, il m'arrivait de l'accompagner, et je faisais semblant de m'endormir près de lui. J'aimais dans ce silence de l'été écouter les bruits de la maison, les minuscules bruits de vaisselle, les grincements des portes de placards, le balai qui cognait contre les pieds des meubles, qui m'assuraient que ma mère se tenait loin de la chambre. Mais, cette année-là, ma mère trouva que j'étais bien trop grande maintenant pour suivre mon père dans sa chambre.

Une fois mon père parti faire sa sieste et mes grands frères retournés à leurs occupations de garçons, comme je n'avais plus d'appétit je me retrouvais immanquablement seule face à ma mère. Mes pieds ne touchaient pas le sol et je restais assise devant mon assiette intouchée, sentant glisser sur mon front le nœud de satin qu'elle avait accroché dans mes cheveux après la toilette du matin. « Mange Pauline, tu ne sais pas qui te mangera. » J'ai entendu cette phrase des dizaines de fois. Ne pas aimer la cuisine de ma mère était pire qu'une insulte, c'était la rendre invisible. Alors, pour ne pas qu'elle disparaisse, je me forçais à manger pensant que mon effort suffirait pour arrêter ces images d'enfants morts dans les rues de Lille qui me faisaient pleurer. Dès la première bouchée, les yeux de ma mère perdaient de leur fixité qui n'était que l'expression ordinaire de sa folie ménagère. Elle redevenait belle. C'était une des rares occasions qui me permettaient de voir sa beauté. Elle s'asseyait en face de moi et m'observait, faisant avec son regard le même trajet que ma fourchette, de l'assiette à ma bouche, se réjouissant pour moi à chaque bouchée et ainsi de suite jusqu'à ce que j'aie tout fini et bien essuyé mon assiette avec un gros morceau du pain. Elle embellissait encore, maintenant qu'elle avait obtenu l'assurance d'un jour tranquille. Elle savait que ses enfants avaient le ventre plein, que son mari rentrerait le soir comme tous les soirs, et qu'elle allait pouvoir faire sa vaisselle et s'occuper de sa maison en toute quiétude jusqu'au dîner. Ma mère ne demandait rien de plus à la vie qu'un peu de répit, pouvoir courir jusqu'au temple et remercier Dieu de lui avoir donné une si belle famille. Elle était heureuse. Moi, je vomissais dans le jardin.

Quand je croyais que je devais passer le reste de ma vie en prison, ce souvenir me revenait tous les jours au moment du repas sans que je trouve l'appétit pour autant ; au contraire, c'était pire, la nourriture ne voulait plus entrer en moi. J'essayais. Je mâchais longtemps, tellement longtemps que la structure même des aliments finissait par se modifier, ça devenait pâteux, puis sucré, puis sans goût, même le pain devenait un corps étranger qui me dégoûtait et je finissais par le recracher. J'avais l'impression que mon pharynx et mon œsophage étaient paralysés et n'assumaient plus leur fonction de déglutition. J'avais beau solliciter les muscles de ma gorge, les nommer les uns après les autres, espérant qu'ils se soumettent à ma volonté, rien à faire, ça ne passait pas. Je connaissais tous les noms que contient notre corps, de la tête aux pieds. Les mots du corps sont extraordinairement poétiques, particulièrement ceux de la gorge : les muscles azygos, l'os hyoïde, les piliers pharyngiens, la trompe d'Eustache et cent autres noms antiques. Aucun d'entre nous ne pourrait vivre dans un pays sans en connaître la géographie et l'histoire ; c'est même le seul moyen pour se sentir chez soi. La plupart des gens vivent dans un corps qui leur est parfaitement étranger. Tout ce qui est extérieur à notre corps nous rassure, alors que l'intérieur nous intimide au point que nous l'oublions, jusqu'à ce que la maladie survienne. Un de mes professeurs à la faculté de médecine disait : « La maladie est un cri de détresse du corps qui ne supporte plus d'être ignoré. » J'aimais ce lien qu'il faisait entre la maladie et le corps parce que dès les premières leçons d'anatomie en classe primaire mon corps étrangement m'apparut une maison plus sûre encore que la maison de mes parents, sans que je sois encore capable d'expliquer ce phénomène. Ce fut d'abord l'envie de connaître de quoi j'étais faite à l'intérieur, dans quelle maison de chair je vivais, qui m'a conduite à faire médecine, avant de penser à sauver des vies humaines. En prison, mon corps ne me servait plus qu'à faire quelques révisions d'anatomie qui, à force, le réduisait à sa prodigieuse, parfaite et dangereuse mécanique, comme Dieu est tout aussi prodigieux, parfait et dangereux. De tous les symptômes, perdre la faim est celui que j'eus le plus de mal à m'expliquer. Personne ne désirait plus manger que moi, ne serait-ce que pour faire plaisir à ma mère qui s'en inquiétait à chaque parloir. Enfant je n'avais pas un grand appétit je le reconnais, mais l'idée que le moindre aliment entre dans ma bouche et ressorte de mon corps en décomposition me répugnait, comme si la nourriture était une sorte de métaphore de ma capacité à transformer le vivant en mort, et le mort en pourriture et je crois (je dis bien je crois) que c'était le seul moyen pour rester la plus pure possible à l'intérieur, puisque mon image avait dégoûté tout le monde.

Jean, à ce moment-là de ta lecture, tu dois te demander si tout cela aurait pu être évité. Mon avocat le pensait à cause de certaines confidences que je lui avais faites et qui sont encore difficiles à dire et à écrire aujourd'hui. Quand il a compris les intentions meurtrières de mes juges à mon égard, il a insisté pour que je parle : « Il faut que vous parliez de votre père, il faut que vous disiez ce que vous avez vécu avec lui, c'est votre seule chance pour toucher le cœur des jurés et obtenir la clémence de la cour. » Mais c'était impossible, d'autant qu'à ce moment-là je ne cherchais ni la clémence ni la pitié, je ne voulais que la justice même si j'avais conscience que tous ces hommes voulaient me tuer. Mon avocat était un homme sincère et je devais l'être avec lui. Je voyais bien qu'il avait peur pour moi, plus que j'avais peur pour moi-même. Je lui ai donc demandé de ne pas relayer à la cour les confidences que je lui avais faites sur mon père et sur moi à la fin de la guerre, sur notre fuite à Saint-Omer, seuls lui et moi. Je lui ai fait jurer de ne pas s'en servir pour me défendre. Si je lui avais raconté ces choses intimes c'était juste pour renforcer sa conviction et lui prouver que je n'étais pas le monstre que les journaux prétendaient. Sinon j'aurais parlé tu penses bien ! J'aurais dit les choses qu'il fallait dire pour être sauvée. Mais sauvée de quoi ? À ce moment-là de ma vie, je voulais uniquement être sûre que quand je mourrais mon père me prendrait dans ses bras et qu'il m'accorderait son pardon. Je n'avais besoin de rien d'autre. Mon père représentait tout et je me disais que s'il avait voulu me sauver il ne se serait pas donné la mort, il ne m'aurait pas abandonnée. Je finirai par te dire ces choses mais il faut d'abord bien comprendre de quoi était faite ma relation à mon père que je vénérais. C'est le mot juste et pour m'en assurer j'ai cherché sa définition dans le dictionnaire. « Vénérer : rendre un culte à un dieu, à un saint ou à des choses saintes ou sacrées » ; c'est aussi avoir un attachement ou un respect profond pour une personne. Ce que je ressentais pour mon père était au-delà de l'attachement et du respect, cela s'apparentait bien au Sacré.

La chasse est l'autre grand souvenir qui s'est souvent substitué à celui de la nourriture, à cause des bêtes mortes, à cause de mon père. L'avocat général lors de son réquisitoire cherchait à démontrer la préméditation en justifiant mon goût pour le meurtre par mon prétendu goût pour la chasse : « Vous voyez bien que mademoiselle Dubuisson a le goût du sang ! Elle chasse avec son père dès son plus jeune âge. Quelle fille aime chasser ? Aucune. Mais elle, si ! Et ce qu'elle aime dans la chasse, c'est armer un fusil et tuer une bête à bout portant. »

Je n'ai jamais voulu apprendre à chasser. C'était le désir de mon père. J'étais incapable de tuer, même une araignée. Il n'y a pas longtemps, Jean, je t'ai empêché de le faire. Tu te rappelles ? Je t'ai dit : « On peut chasser une bête indésirable, sans la tuer. » Imagine le supplice que cela représentait pour moi, petite fille, de voir un animal, souvent magnifique, être abattu sous mes yeux. J'avais huit ans la première fois qu'il m'a extirpée du sommeil pour que je l'accompagne. Le jour n'était pas levé. Je ne m'étais jamais réveillée en pleine nuit. Et cela s'est reproduit de nombreuses fois jusqu'à l'âge de treize ans sans que je puisse lui opposer la moindre résistance. Mais il y avait cette idée du secret de ce que nous allions vivre tous les deux sans les autres qui faisait s'envoler toutes les inquiétudes que je pouvais avoir. J'ai voulu ardemment, au début, partager ces aurores chasseresses, même si la première passion de mon père était de battre la campagne toute blanche, si givrée qu'elle refroidissait les premiers rayons du matin. Ma mère, pour cette occasion, m'habillait en garçon puis me passait en bandoulière une gibecière qui avait appartenu à l'un de mes frères, avec un casse-croûte à l'intérieur plié dans une serviette, de la charcuterie et du pain, un peu de beurre dans un beurrier en terre, un pot de cornichons et des fruits, quelques gâteaux secs aux raisins qu'elle faisait elle-même. Rien à mon goût, une vraie gamelle de soldat ! C'est ce qu'elle me disait, insistant, cherchant à susciter une réaction de ma part qui ne venait pas. Les souvenirs que je garde de ces matins brumeux où l'haleine des morts avait du mal à s'élever au-dessus des champs ne sont plus que des fragments d'images. Les odeurs me reviennent, intactes, surtout celles, puissantes, de champignons et d'humus ; je peux encore entendre sous nos pas craquer les herbes givrées. Puis la forêt surgissait derrière la brume. La forêt est un des grands paysages de la chasse, elle se dressait devant moi, lugubre, menaçante, pleine de l'imaginaire opaque des contes dont je n'étais pas encore sortie, et m'invitait à entrer dans un autre monde où plus rien de ce que je connaissais n'existait. Il ne me reste de cette époque que des impressions de terreur. Seul le chant des oiseaux, un temps, me rassura avant que mon père le saccage. Ces matinées froides, j'en suis sûre maintenant, ont eu le pouvoir de me défaire de l'enfance plus vite que les autres filles. Ça je le reconnais. Je ne quittais pas mon père qui ne pensait même pas à me tenir la main alors que de l'autre il tenait la crosse de son fusil ouverte sur son bras comme il aurait tenu une fiancée. Je n'avais qu'une seule crainte : qu'il m'abandonne dans la forêt, que je sois incapable de revenir à ma vie normale au point de finir sauvage dans la sauvagerie des bêtes à cornes, à poils et à griffes. Me perdre dans ces forêts fut à la fois ma crainte la plus profonde et mon désir le plus ardent. J'ai du mal à expliquer cette contradiction qui n'est pas sans m'évoquer ce que je ressentais en lisant les contes de l'enfance. J'étais convaincue que plus mon sacrifice serait grand, plus mon père m'adorerait. Alors je faisais tout ce qu'il me demandait.

En entrant en prison, j'éprouvais les mêmes sensations qu'en entrant la première fois dans la forêt. C'était aussi un lieu où la sauvagerie peut prendre le dessus, vous oblige à rester aux aguets, vous inquiète terriblement, au point de vous empêcher de croire qu'un jour vous pourrez retrouver le chemin vers la vie ordinaire. Une fois enfermée, cette crainte a aussi le pouvoir de faire de la vie du dehors que vous avez quittée (pour toujours, je le croyais, dans mon cas) une merveille qui à force de s'éloigner finit par devenir une étrangeté, presque une terreur. Obtenir ma liberté conditionnelle fut, quelques années plus tard, une épreuve difficile. C'était devenu inconcevable.

Le calcul est simple. Neuf ans enfermée : j'avais passé plus de temps de ma vie de femme en prison qu'en liberté. J'y étais entrée à l'âge de vingt et un ans pour en sortir à l'âge de trente ans. En prison, le temps se casse pour nous faire entendre l'écho de chaque minute brisée, alors que dans une forêt le temps s'arrête et s'accorde sur le temps silencieux des bêtes, il va de la nuit à une autre nuit, abandonnant le jour aux hommes. En prison la nuit et le jour appartiennent aux gardiens.

À ma sortie, le monde que j'avais connu n'existait plus. Ma mère lors de chacune de ses visites me racontait ses éblouissements passionnés par les innovations ménagères. Cette perspective d'un monde moderne n'était pas ce que j'avais le plus à craindre, le pire était de me projeter dans un monde sans Félix et sans mon père. Je n'avais jamais connu le monde sans eux. Je craignais de me mettre à les chercher partout, de prendre la mesure de leur absence. Retourner dans le monde sans ces deux hommes qui avaient tenu les deux places les plus importantes dans ma vie de femme et de fille était tout ce que j'avais voulu éviter. En prison j'étais dans un monde où ils n'avaient jamais été. Je n'avais donc pas eu besoin de les chercher. Quelque chose en moi avait fini par s'apaiser entre ces murs. J'acquis la conviction que je serais encore plus perdue dehors que dedans, à l'extérieur qu'à l'intérieur. C'est aussi ce qui explique ce repliement depuis quelques jours. Dedans je suis toujours moins exposée que dehors. J'aime ma prison.

Je sais que tu es un homme et que tu ne t'intéresses pas aux questions que se posent les féministes, je crois même que tu n'aimes pas leurs revendications. Moi-même, jamais avant mon procès je ne m'y étais intéressée ; mais j'y suis venue, sans même m'en rendre compte, comme à une chose qui était en moi depuis toujours. Cette révélation s'est faite simplement parce que j'étais obsédée par cette distorsion du français qui refuse le féminin du mot « assassin ». Toute cette réflexion que j'ai menée seule, dans ma cellule, n'est pas non plus sans lien avec un point capital de mon procès.

La langue, c'est-à-dire l'Histoire qui s'est immiscée dans les mots, a toujours maintenu la femme dans sa position de faiblesse, secondaire, comme si les femmes étaient incapables de préméditer leurs gestes et leurs désirs, tous leurs gestes et tous leurs désirs, inaptes à prévoir, organiser, imaginer, penser, satisfaire et devancer les plaisirs de leurs maris, quelquefois les réveiller ou les susciter avec une imagination incroyable. Évidemment, elles le sont. J'ai vu ma mère le faire toute sa vie. Mais tout ça ne prouve rien. Tout ça ne vaut rien. Pour les hommes, surtout les hommes comme mon père, tout est différent. Une fois chassés du paradis imaginaire, ils ont réussi à transformer, à la force de leurs poignets, la broussaille maudite en terrain de chasse et en terres arables. Ils ont relevé le défi de Dieu et réussi un autre prodige, bien plus impressionnant encore, faire du crime un double principe tout aussi remarquable : un homme tuerait par nécessité ou pour se défendre. La préméditation lui viendrait donc de la chasse et la légitime défense de la guerre. Mais d'où viendrait alors la préméditation chez une femme ?

Souvent j'ai pensé à ces choses dans ma cellule où pourtant penser exigeait un effort aussi contraignant que de faire du sport alors que votre corps ne vous sert plus à rien. J'en étais même arrivée à me dire que la préméditation pour une femme ne serait que la preuve de sa dénaturation. Je me laissais envahir par cette idée que les femmes sont toutes responsables des pires métamorphoses : du jardin d'Éden en broussailles, de la vertu en vice et de l'homme en victime. Aussi, après les avoir rejetées du jardin d'Éden, il fallait les expulser de la langue. Pour les juges, les femmes qui préméditent leurs crimes sont tellement ignobles qu'ils n'ont pas trouvé de mot pour les désigner : elles sont tout à la fois créatures du Diable, manipulées à cause de leur bêtise originelle, et victimes de leurs impulsions et de leur hystérie. Il en est tout autrement des hommes, même les pires d'entre eux, ils restent à tout jamais des chasseurs ou des guerriers aux pulsions originelles pardonnables ; et s'ils ne sont pas héroïques, ils sont pour le moins fascinants. Les femmes sont loin d'atteindre ce statut, et la loi, qui pourtant se proclame si juste, conserve en son sein ces poisons archaïques qui maintiennent le monde de la justice dans sa dimension préhistorique. Et dire que toutes ces saloperies sont allées se nicher dans la langue française.

J'étais encore pleine de toutes ces choses que j'avais ruminées durant mes longues insomnies où le silence de la nuit carcérale avait fait résonner en moi ces pensées, quand l'avocat général s'est levé pour envoyer son réquisitoire. Après avoir commencé par son couplet sur la chasse, il continua sa démonstration : « Vous voyez bien que ce que mademoiselle Dubuisson aime dans la médecine ce sont les salles de garde alors qu'une jeune fille ne devrait pas pouvoir supporter l'obscénité qui y règne ! Mais Pauline Dubuisson la supporte très bien ! Et ce qu'elle aime plus que tout c'est la chirurgie, c'est les entrailles ouvertes, la chair à vif, la vue du sang, c'est le goût du sang, c'est tripatouiller dans les viscères et dans le sang, déjà à l'hôpital militaire de Dunkerque ! Hôpital sous tutelle allemande, je le rappelle parce qu'il faut le rappeler ! Et où elle avait été engagée en qualité d'infirmière à l'âge de quinze ans pour soigner des blessés allemands à demi éventrés !! Qui, à quinze ans, peut supporter de telles horreurs ?! Une sainte peut-être, mais mademoiselle Dubuisson n'est pas une sainte ! Non contente de trahir sa patrie, elle se complaît dans le vice avec son médecin-chef allemand ! Si l'on peut encore douter de sa nature profonde, rappelons ici ce que ses professeurs de médecine ont dit ! Tous ont affirmé que Pauline Dubuisson est la seule étudiante qui ne se soit jamais évanouie devant un cadavre pendant un cours de dissection ! Pas même la première fois, alors que les garçons tombaient comme des mouches ! Non, ne vous laissez pas impressionner par son intelligence qui ne lui sert qu'à mentir ou par ses silences et ses larmes qui ne lui servent qu'à semer le doute. La médecine chez elle n'est pas une vocation, c'est un vice. Et ce qu'elle a appris de la médecine à la différence des autres grands médecins c'est que la vie ne vaut pas grand-chose. C'est pour ça qu'elle a pu abattre de sang-froid son ex-fiancé, un jeune homme brillant, promis à un grand avenir de médecin et qui faisait le bonheur de sa famille. »

Je me souviens encore de chacun de ses mots, qu'il martelait pour m'atteindre. Alors, le temps que cette bête de justice, emportée par ses propres élans déclamatoires, retrouve dans ses papiers le fil de la condamnation qu'il avait savamment préparée, je me suis levée. Je n'ai pas senti que je me levais, plutôt que j'étais soulevée. Sans demander la parole, je profitai de ce silence pour lui donner le coup de main dont il avait besoin pour me condamner définitivement. Je ne voulais pas être jugée en meurtrière, en écervelée, guidée par la faiblesse de ses sentiments, en démente, en jeune fille idiote qui court en jupe serrée, jetant ses pieds sur le côté alors que j'ai toujours couru comme les garçons, en longues foulées. Et puis je n'avais plus que cette idée en tête : en finir mais en finir vraiment.

« Je reconnais avoir prémédité le crime dont je suis accusée. »

C'est à cette déclaration, Jean, que je voulais en venir, parce que cette longue réflexion fut plus importante que la vérité. En déclarant avoir prémédité mon crime, c'est à ce moment-là que j'ai menti, et paradoxalement c'est à ce moment-là que l'on m'a crue, alors que je tentai de rééquilibrer la partie avec ces hommes qui ne voyaient en moi qu'une manipulatrice, une folle, prête à toutes les malveillances pour arriver à ses fins. Sauf que je n'y suis pas arrivée, puisque je voulais mourir et que j'étais vivante.

Ce fut la première fois que je réussis à créer le silence. Ma déclaration redonna de l'air à la mère de Félix, même si ce n'était pas ce que je cherchais à faire, je l'ai vu dans ses yeux et j'ai même eu l'impression qu'elle me remerciait. Mon avocat, assommé par ma déclaration, a pris sa tête entre ses mains. Je ne voyais plus que sa nuque. Ma mère savait que je mentais. Elle me fixa avec ce même regard qu'elle me lançait petite fille quand je faisais une bêtise ou que je venais d'être prise en flagrant délit de mensonge ; immanquablement j'allais me réfugier dans les jambes de mon père qui disait : « Laisse-la faire, inutile de te fatiguer, tu vois bien que tu n'en feras rien. » J'avais longtemps cru à une connivence entre lui et moi puisque ma mère renonçait sur-le-champ à toute autorité, mais cette phrase, sous le ciel baroque de la salle d'audience, résonna différemment, même si je fus la seule à l'entendre. Serait-il venu me défendre s'il avait encore été de ce monde ? Aurait-il pu s'opposer à son héros, Pétain, qui avait rétabli la peine de mort pour les femmes, les avorteuses et les immorales ?

Alors, l'avocat général, loin de perdre pied, saisi d'une sorte de ravissement après avoir marqué sa stupéfaction, souleva ses manches d'un geste de moine pour achever son réquisitoire, que ma déclaration semblait avoir précipité, l'empêchant de continuer sa démonstration obscène qu'il était loin d'avoir terminée. « J'espère que les jurés apprécieront cet aveu à sa juste valeur… aveu tardif pour le moins, et qui ne l'exonérera pas pour autant de la sentence qui convient dans cette situation. Pour ma part donc et sans l'ombre d'une hésitation, je requiers la peine de mort pour la criminelle Pauline Dubuisson. »

J'étais plantée vive dans le regard de cet homme qui me haïssait. S'il faisait semblant de bien me connaître, il ne faisait pas semblant de me condamner. Tout le monde voyait bien qu'il m'avait déjà tuée en imagination. C'est exceptionnel dans la vie d'un homme de réclamer publiquement la mort d'une femme. Je ne pouvais m'empêcher d'imaginer les moments où cet homme avait conçu son projet dans le secret de son bureau, dans son appartement du septième arrondissement, dans le lit où dort sa femme irréprochable et bien élevée, ou lors d'un dîner en ville. Les avocats généraux ne jettent pas leurs obsessions comme ils jettent leur robe sur le dossier du fauteuil Empire de leur cabinet avant de rentrer chez eux, ils continuent à chercher le mal partout, à le faire résonner dans des phrases puissantes ; mieux encore, à l'utiliser à des fins vengeresses, au nom de la justice, en assassin héroïque protégé par la loi.

À ce moment-là cela n'avait aucune importance, je venais d'obtenir de la Justice ce que je n'avais pas obtenu de moi-même, me tuer.

Je ne sais pas au fond ce que tu as aimé dans ce film. Bardot sûrement. Mais elle n'a connu aucun deuil, ni les désastres et les malentendus que la perte d'un enfant engendre dans une famille. Ce n'est pas rien dans la vie d'une jeune fille.

J'avais une passion pour mes frères. L'aîné est mort quelques jours après la déclaration de guerre. Son avion a explosé en plein vol alors qu'il cherchait à atterrir. Ce fut le premier désastre que cette guerre allait faire subir à notre famille et qui faisait effroyablement écho aux inquiétudes de ma mère. Je n'avais pas encore treize ans. Je refusai de porter un crêpe de deuil. M'habiller en noir me paraissait déjà bien suffisant. Je voulais être comme mon père qui, lui, ne couvrait pas son visage d'un voile ridicule, et n'avait que sa dignité d'homme et d'ancien soldat pour cacher son chagrin. Ma mère en grande affligée s'est rendue au temple, puis au cimetière, en tête de cortège dans son habit de deuil, qu'elle ne quitta plus jamais, couverte jusqu'aux pieds de ce voile épais et noir, cousu sur son chapeau et masquant non seulement son visage mais son corps tout entier. Pendant l'enterrement j'ai ressenti un malaise que je ne m'expliquais pas : tous les regards s'étaient détournés de ma mère pour se porter sur moi. Ça représentait un certain nombre de paires d'yeux, il y avait foule : ma famille était connue à Dunkerque. Le cortège de l'enfant mort n'en finissait pas. L'office religieux n'en finissait pas. Les condoléances n'en finissaient pas. Et je me demandais à quel supplice ma mère m'avait exposée, puisque c'était elle qui avait organisé les funérailles, sans que rien ne manquât, avec la même et implacable précision de maîtresse de maison qu'elle mettait quand elle organisait, au cordeau, une réception pour les affaires de mon père ou un banquet de famille. Elle a toujours eu la hantise du faux pli. La cérémonie était interminable, comme si ma mère avait fait exprès que cela dure aussi longtemps pour me punir d'avoir refusé de porter un crêpe de deuil. De retour à la maison, j'étais furieuse, sans trop savoir pourquoi. Ma mère, apparemment plus tranquille, me donnait l'impression d'être habituée à enterrer un enfant, alors – je le sais aujourd'hui – qu'elle avait juste le sentiment d'avoir accompli son dernier devoir envers ce premier-né qu'elle venait de remettre entre les mains de Dieu. Quand elle souleva son voile elle était détruite. Le crêpe noir et opaque n'était pour elle que la façon la plus discrète de garder sa douleur de mère, de ne surtout pas l'offrir en pâture afin d'éviter que les autres dévorent son chagrin. Le crêpe était bien plus qu'un voile, c'était un morceau de deuil qu'elle avait déchiré pour se protéger. Ma mère savait depuis longtemps, depuis toujours, ces choses sur la nature humaine.

Je n'avais pas non plus réussi à me maintenir dans la dignité dont mon père fit preuve ; il n'a pas versé une larme, rien que sa main de temps en temps qui allait caresser son brassard de deuil tout en faisant croire qu'il voulait le remonter sur son bras. J'avais, malgré moi, offert ma douleur d'enfant, mes larmes et ma colère à la dévoration des autres.

Il en fut de même, dix ans plus tard, pour les journalistes et ceux qui les lisent, ceux qui se nourrissent du malheur ou de la gloire de quelques-uns. Jamais je n'aurais imaginé être offerte au public sans retenue même si, par le passé, je le reconnais, j'avais été capable très jeune de me donner, sans retenue, aux hommes. Mais je l'avais décidé, bien que pas tout à fait consciente des raisons qui m'y poussaient. J'ai même encore du mal à me les expliquer aujourd'hui. Peut-être arriverai-je à donner un sens à cette furie du sexe que j'ai connue très jeune et à son effroi en écrivant dans ce cahier.

Quelquefois, j'aurais voulu entrer dans le tribunal en portant un crêpe de deuil, éviter les morsures des appareils photo et lire tranquillement un livre sous mon voile opaque et sombre. Un vrai procès devrait être interdit au public. Je ne comprends toujours pas ce théâtre du réel où l'accusé est livré aux autres en mémoire d'un crime dont il peut avoir du mal à se souvenir : tant de temps est passé entre l'arrestation et le procès, et ce temps halluciné de la prison ne brise pas seulement mais finit par écraser ces quelques secondes à peine où le crime a eu lieu. Cela explique le regard hébété de certains prévenus quand ils entrent dans le box des accusés. Pour ma part j'avais réclamé un huis clos, mais il fallait être mineure pour l'obtenir ; je n'avais pas encore vingt et un ans au moment du crime, mais j'en avais vingt-quatre quand mon procès s'est ouvert. On m'a donc lâché à la meute des chiens affamés d'histoires à sensation. Trois semaines d'un supplice épouvantable sous le regard de ma mère qui, une fois à la barre, put mettre, enfin, des mots sur mon étrange relation à mon père et donner du même coup un sens à l'exclusion dont elle avait fait l'objet de ma part, et uniquement de ma part, au sein de notre famille, même si j'ai cru à cette époque m'associer à mon père. Aujourd'hui je sais qu'il n'avait jamais eu l'intention d'exclure la femme de sa vie et surtout pas à mon profit. Je n'avais pas, jusqu'à ce jour dans le tribunal, réalisé à quel point j'avais relégué ma mère à mon service, comme tout le monde dans cette famille. Pour mon père la soumission de sa femme était une forme de discrétion, voire d'élégance, face à toutes les merveilles qu'une femme est capable de produire chaque jour dans sa maison. La maison était le domaine de ma mère ; non, de sa femme. La différence est de taille. Lui ne possédait rien d'autre que son travail et ses matinées de chasse. Le dedans était à ma mère, le dehors était à mon père. Rien au fond n'avait changé depuis la préhistoire, et mon père avait fait sa religion de ce système qui avait maintenu, répétait-il souvent, l'humanité en bon état de marche depuis ses origines. C'était un équilibre. Ma mère était là pour laver notre linge, faire que nos armoires soient impeccables, nos lits bien faits, et surtout pour préparer nos repas puisque cuisiner était sa passion. Mon père voyait dans cette façon de vivre une certaine poésie, celle qui permet de rendre le quotidien plus impressionnant que n'importe quelle niaiserie romantique, qui l'agaçait toujours et dont on faisait, selon lui, trop d'usage, en particulier au cinéma. Je dois avouer que toute mon enfance et ma jeunesse, ma mère me semblait satisfaite de son rôle de servante, même si en ce début de guerre mon regard commençait à changer sur elle. J'avais douze ans et elle m'apparut douée d'un pouvoir de divination, elle qui nous avait tant fait sentir les dangers de l'ogre allemand dont elle ne doutait pas qu'il reviendrait bientôt. Elle avait vu juste. L'ogre allemand nous occupait mais sans méchanceté, et avec la plus grande courtoisie. Elle se méfiait de cette courtoisie qu'elle trouvait suspecte et qui lui paraissait le pire des pièges, en particulier pour les jeunes filles, sans compter qu'elle connaissait aussi l'attrait de l'uniforme.

Grandir, sortir de l'enfance dans laquelle je me sentais à l'étroit, en finir avec ces sorties matinales de chasse et surtout devenir une femme fut mon seul objectif depuis que j'avais compris que l'enfance n'était pas une fatalité et que nous finissions tous par y échapper un jour. Je priais pour que ce jour arrive le plus vite possible. Les livres m'aidaient à supporter cette longue attente sans que je sache précisément ce que cela voulait dire « être une femme » ; je m'identifiais bien à quelques actrices de cinéma comme Michèle Morgan ou Marlene Dietrich, je rêvais que des hommes se jettent à mes pieds sans trop savoir ce que je pourrais bien faire d'eux une fois qu'ils seraient agenouillés et implorants. Alors pour ne pas rêver inutilement, je finis par faire appel à ce que je croyais être les dons de voyance de ma mère et lui demandai ce que mon avenir me réservait. Elle me regarda longuement dans le fond des yeux, jouant à la voyante : « Je vois un grand destin, tu vas faire des choses très importantes... si tu manges bien et surtout si les petits cochons ne te mangent pas. »

C'était plus fort qu'elle, elle finissait toujours par revenir à ses deux obsessions, manger ou être mangé.

En dehors de la cuisine, ma mère allait au temple, sans nous demander de l'accompagner, sauf exception ; et je crois qu'elle était heureuse d'y aller seule avec la même excitation qu'une femme qui se prépare pour un rendez-vous galant. Chaque fois qu'elle revenait d'un office, elle était métamorphosée, encore plus belle. Mais ça ne durait pas. Elle se fanait à nouveau très vite, redevenait jolie puis insignifiante, jusqu'au prochain office. Elle était pareille à ces fleurs des fossés qui ne vivent pas longtemps dans l'eau des vases si on ne la renouvelle pas tous les jours. Ma mère avait besoin régulièrement de religion pour se revigorer. À chacun de ses retours, rassasiée de conversations avec Jésus, elle enfilait son tablier et nous préparait le meilleur repas possible. Comme s'il était le dernier. Ma mère avait le sens de l'Eucharistie.

Mon père était très beau. Sa photographie dans un cadre en laiton, surmonté de deux gerbes de blé, posé entre deux obus en cuivre sculptés sur la cheminée en attestait ; moustache impeccablement brossée, uniforme d'officier, sanglé dans une veste cintrée, képi et paire de gants blancs à la main témoignaient de sa jeunesse et de cette prestance dont il n'avait rien perdu, au contraire, l'âge y avait même ajouté de la densité. Plus je grandissais, plus je me demandais comment un homme aussi beau, un ancien militaire, avait pu épouser une femme aussi simple, sans pour autant être insignifiante. Je n'avais pas encore compris à quel point ces différences sont essentielles pour maintenir l'équilibre d'un couple dont le seul projet est de durer ; et même de durer au-delà de l'amour et bien au-delà du désir. L'espace entre mon père et ma mère était si lâche que je le croyais vide ; leur couple me paraissait si distendu (ils faisaient chambre à part depuis ma naissance), que je croyais avoir toute latitude pour occuper ce territoire. Et j'ai tout fait pour l'occuper, sans me rendre compte de l'ordre que je dérangeais.

Je n'avais d'yeux que pour mon père, pour la beauté de mon père, pour la puissance de mon père, pour sa droiture, presque pour sa raideur. Sa figure imposante me hante plus que mon crime, pas seulement parce qu'il s'est suicidé. Je me suis évanouie à l'annonce de sa mort, alors que j'étais en garde à vue. Quand je suis revenue à moi, une religieuse, penchée sur mon visage et dans l'ombre de sa cornette, m'a dit d'une voix sèche : « Ma fille, c'est l'expiation qui commence. » Elle avait raison. La mort de mon père eut même, un temps, le pouvoir d'atténuer ma douleur d'avoir tué Félix, comme si la mort de Félix n'était plus que l'arme qui m'avait servi à tuer mon père. Un moment j'en ai même voulu à Félix. Et tout au long de mon procès j'ai eu l'impression de ne pas être jugée pour le bon crime. Je ne pense plus la même chose aujourd'hui et il est difficile de me retrouver dans toute cette confusion entre les vérités cachées, les désirs profonds et les malentendus.

Souvent, lorsqu'on évoque la question des proches disparus on dit qu'un morceau de nous-mêmes est parti, sans trop savoir quelle part de nous le mort a emporté avec lui dans la tombe. Moi, je commence à le savoir. Je ne crois pas qu'il se soit suicidé parce que la honte se serait abattue sur notre famille à cause de moi, même si c'est ce qu'il a écrit aux parents de Félix avant d'ouvrir le gaz. Il n'avait simplement pas l'intention de me sauver, ni d'affronter la vérité. Possible aussi qu'il ait voulu me montrer le chemin, une fois de plus, comme s'il me disait « voilà ce qu'il faut faire quand on veut vraiment mourir ». Et le soir même de cette effroyable nouvelle, je décidai de mettre fin à ma vie en me tailladant les veines, mais une autre religieuse est venue me secourir : je ne savais pas que j'étais surveillée jour et nuit.

Mon amour pour lui a été sans limite mais je ne voudrais pas laisser planer le moindre ambiguïté. Tu dois toi aussi, comme ma mère, te demander ce qui me lie pour toujours à mon père. Jamais il n'a eu le moindre geste ambigu à mon égard. Il n'a d'ailleurs eu aucun geste. Je ne sais pas encore de quoi ce lien puissant est fait, mais il faut qu'il soit extraordinaire ou terrible pour me tenir dans cet état d'esclavage affectif. Peut-être que ma mère le sait, mais nous ne parlons jamais de mon père.

Ce n'est que depuis peu que je m'interroge sur ce lien qui me paraît de plus en plus trouble. En prison je n'étais préoccupée que par ma mère, qui fut la seule à ne jamais me condamner. C'est là-bas, entre ces murs, que j'ai mesuré de quoi était faite une mère, grâce à une autre détenue qui avait tué ses enfants ; non pas à cause de l'infanticide, mais de l'amour maternel que cette femme déployait autour d'elle. Elle s'appelait Yvette. Un soir elle a fait prendre le bain à ses enfants et les a noyés l'un après l'autre. Aucun enfant ne s'est débattu d'après les légistes. Elle fut incapable d'expliquer son geste, elle n'en avait aucun souvenir et ne ressentait qu'un trou béant en elle, un trou noir dans son ventre qui l'aspirait entièrement, la dévorait. Elle a pris perpétuité. Les juges ne condamnent pas à mort une mère infanticide. Ils font pire. Ils la jettent en pâture aux autres prisonnières. Nous devenons les petites mains de Dieu. Pour Yvette il en fut tout autrement. Elle ne s'effondrait pas dans le chagrin. Le manque de ses enfants ajouté à sa folie remplissait d'un amour éperdu tout l'espace autour d'elle, au point de nous contaminer. C'était insoutenable de se sentir impuissantes face à cette femme qui s'enfonçait dans le silence sans résistance, passant son temps à broyer sa bouche avec ses doigts pour cimenter ses lèvres entre elles ou les coudre, les coller. C'est à ce moment-là que j'ai connu Véronique.

Voyant que j'insistais pour parler avec Yvette, elle me prit à part : « Cette femme, elle est morte, tu comprends, alors laisse-la reposer en paix. » Je me révoltai contre cette idée, mais elle poursuivit : « Elle est morte parce qu'elle ne peut plus parler. La langue maternelle lui est interdite, ça te dit quelque chose ça, la langue maternelle, quand on a tué ses gosses ? Parler ce serait être vivante et elle veut être morte avec ses petits. Tu peux comprendre ça mademoiselle la doctoresse ? » Le fait est qu'Yvette n'a plus jamais prononcé un mot. Un jour elle s'est jetée du haut de la passerelle sans crier, son corps s'est simplement écrasé sans plus de bruit qu'un sac de ciment jeté du troisième étage. Ces choses peuvent paraître insoutenables, mais la prison vous montre la vie comme le monde ordinaire ne vous la montrera jamais. Avant d'entrer en prison j'aurais condamné sans appel une femme comme Yvette, alors qu'ici, confrontée à cette réalité invisible derrière ses hauts murs, presque à la beauté du malheur, je n'éprouvais que compassion et chagrin. Rien de tout ce que nous apprenons en prison ne nous sert, cela ouvre des perspectives d'une humanité affolante, sans la possibilité de la partager avec le reste du monde puisque le monde ordinaire nous a rejetés.

Pourquoi je m'obstine à vouloir t'écrire dans ce labyrinthe des souvenirs ? Je vois bien que je n'arrive pas à tenir le droit fil de mon récit, j'agis comme quelqu'un qui viendrait de perdre la vue et que la peur ramènerait toujours au même endroit, toujours à mon crime et à la prison.

Je vous écris dans le noir. Ce sont les premiers mots de la lettre qui est lue à la fin du film par le président de la cour d'assises. Ce sont mes mots. J'ai bien écrit cette lettre. Mais la veille de l'ouverture de mon procès, quand j'ai essayé pour la troisième fois de mettre fin à ma vie.

Tout le monde a dit que j'avais été une nouvelle fois « sauvée », alors que je pensais que j'avais été une nouvelle fois « empêchée ». J'étais absente au premier jour d'audience et le président a lu ma lettre, sans doute espérait-il y entendre un aveu de préméditation. Je vous écris dans le noir. De l'obscurité dans laquelle mon crime m'avait jetée, bien sûr, mais aussi de celle qui terrorise les enfants, remplie de monstres et de fantômes. C'était la lettre d'une enfant qui demande pardon pour ses bêtises et pour le mal qu'elle a fait sans le vouloir. Je me demande si l'on écrit autrement que dans le noir, dans cette opacité qui ne révèle ce qu'elle cache qu'au fur et à mesure de l'écriture, comme l'œil finit par s'habituer à l'obscurité et à redessiner les contours des obstacles qui pourraient nous faire trébucher. Trois tentatives de suicide en quatre ans ! Je n'ai jamais compris pourquoi je m'en étais sortie, ni pourquoi à chaque fois quelqu'un est venu à mon secours, et toujours quelqu'un d'étranger à ma vie. Cela n'a rien changé pour mes juges. D'un côté on me laissait la vie sauve, de l'autre on m'insultait d'être restée en vie.

Étrangement, la prison ne m'a plus inspiré l'envie de mourir alors que tout espoir était perdu. Peut-être parce que ma vie dans cet univers pénitentiaire était en danger permanent, un danger qui a largement remplacé mes pulsions suicidaires une fois livrée aux mains de femmes violentes et de gardiennes plus violentes encore – des religieuses pour la plupart. La réclusion à perpétuité est pire que la mort même si on finit par s'y soumettre, surtout si on a conscience du mal qu'on a fait. J'entends bien les voix au dehors s'élever contre la peine de mort (je ferais la même chose si j'étais à leur place), mais aucune ne s'élèvera jamais contre la perpétuité parce que la perpétuité est un châtiment alors que la mort ne l'est pas. Sinon à quel châtiment les victimes auraient-elles été condamnées ? Mais à vingt-quatre ans, se dire qu'on va passer trente, quarante ans, peut-être plus encore dans cet endroit, est impossible à supporter, même à concevoir. Dès le verdict prononcé j'eus l'impression qu'une main puissante me bâillonnait puis se retirait régulièrement pour ne pas me faire mourir trop vite. Comment tenir quarante ans maltraitée sans répit, privée de tout ? Une lutte qui mettait en jeu mon corps tout entier jusqu'à me briser les os. Seuls les livres me permettaient de respirer à nouveau normalement, et je me suis jetée dans la lecture pour m'échapper de cette obscurité qui me compressait le cœur jusqu'à l'âme.

Rien ne m'avait préparée à cette vie de prisonnière à vie. Rien, malgré ce que tout le monde affirmait, pas même les matinées de chasse avec mon père, encore moins ma passion pour la médecine, ni mon crime puisque je n'étais pas venue pour tuer, n'aurait dû me conduire dans une prison à perpétuité. J'ai connu certaines filles habituées à la prison, elles y avaient tellement fait de séjours plus ou moins longs et relativement réguliers, qu'elles finissaient par la considérer comme une seconde maison, presque une villégiature, surtout l'hiver ; pour d'autres c'est même la seule maison qu'elles aient jamais habitée. Moi j'ai eu une maison. La maison de mon père et de ma mère. La vie y était calme et mesurée, trop calme et trop mesurée quelquefois pour une fille comme moi qui rêvait de vivre une vie d'aventure comme toutes les filles qui lisent beaucoup. Je ne connais pas de livres qui vous disent de rester à votre place et de ne rien espérer ou de ne rien attendre de la vie ; ceux qui disent ça dans les romans sont toujours des personnages exécrables : les vieilles tantes que l'on trouve dans la littérature anglaise ou les suivantes des grandes héroïnes de la tragédie.

Heureusement j'eus la chance de m'occuper de la bibliothèque de la prison, ce qui me permit de lire tous les jours et toute la journée, et tous les soirs je rentrais dans ma cellule avec un livre contre lequel je m'endormais. Plus jeune, tout ce que je lisais m'appelait au dehors, tout ce que je lisais était, sinon une promesse, du moins une façon de me montrer ce qu'il ne fallait pas être. Je ne voulais pas être une Eugénie Grandet, ni une Ursule Mirouët, ni même une Bovary. J'ai dévoré George Sand, surtout son autobiographie, *Histoire de ma vie,* et elle est devenue un modèle, la seule femme à laquelle j'aurais voulu ressembler. Malgré toutes les promesses que je trouvais dans ces lectures et qui me poussaient au dehors, aucune ne m'a empêché d'aimer la vie de famille. Au contraire, plus je me sentais en sécurité, plus le goût de l'aventure grandissait en moi sans obstacle. Je savais bien qu'ici, dans la maison de mes parents, je retrouverais toujours ce bonheur de vivre qui ne demande rien d'autre que de se mettre à table à heure fixe, d'avoir un dîner cuisiné par sa mère, de s'agacer des chamailleries de ses frères, d'entendre béatement les grands discours de son père sur l'avenir, et enfin sa chambre d'enfant à l'étage avec son petit lit que je n'aurais échangé contre aucun autre, même plus moelleux et plus grand. Le lit de ma cellule était aussi inconfortable que le lit de ma chambre d'enfant, aussi étroit, et parfois quand je fermais les yeux je pouvais m'y transporter, y retrouver mes sensations et mes jouets ; j'essayais, les yeux clos, de faire durer ce plaisir le plus longtemps possible jusqu'à ce qu'une matonne en cornette vienne taper sur la porte de ma cellule. « Debout Dubuisson !! Au boulot ! On n'est pas là pour dormir. » Je ne dormais pas, je rêvais. Le rêve c'était tout ce qu'il me restait.

L'idée de l'évasion, sous quelque forme que ce soit, est vitale en prison. Grâce à cette bibliothèque que l'on me confia, je m'évadais dans les livres. Ce n'est pas rien, ça. La langue, qui pourtant m'avait condamnée, m'aiguillonnait chaque jour. Je m'étais aperçue au bout d'un an de prison que la langue s'y dégradait à une vitesse impressionnante, et sans les livres le processus est encore plus rapide ; dans la première prison où j'ai passé trois années à attendre mon procès, il n'y avait rien à lire, à part des livres à demi moisis sur la vie des saints et des saintes catholiques (en tant que protestante ou du moins de famille protestante, je ne connaissais même pas leur existence) pour nous faire avaler que même si nous étions de grandes criminelles, tel Saül l'esclavagiste avant qu'il devienne saint Paul le maquignon du christianisme, ou François le débauché d'Assise qui en avait tant vu qu'il préféra, une fois devenu moine, parler aux oiseaux, nous serions peut-être, nous aussi, touchées par le doigt de Dieu, aveuglées par Sa lumière et Son pardon ; ainsi nous pourrions entrer au Ciel, lavées de tous nos péchés, à condition de renoncer à tout ce que nous sommes et nous soumettre entièrement à Ses volontés, dont nous ignorions pourtant le dessein. J'ai avalé toutes ces vies, avec la même grimace que la petite paysanne de Lisieux quand elle gobait les crachats des tuberculeux comme des huîtres. Mais elle ne pouvait pas les avaler avec délice comme on le dit à longueur de pages. C'est faux ! Il ne fallait surtout pas qu'elle se régale ! La pauvre petite savait que la gourmandise était un péché capital, impardonnable, qui vous envoyait directement en Enfer ! Pas de plaisir quand on convoite le Ciel et la Béatitude : juste de l'effort et du dépassement de soi. J'ai donc avalé les aventures mystiques de ces folles avec le plus grand dégoût. Je ne suis pas devenue sainte pour autant. En revanche, j'y ai miraculeusement trouvé ma nourriture, puisque cela m'a permis d'entretenir le beau français de mes parents, surtout celui de mon père, qui ne faisait aucune faute de syntaxe ni de grammaire et qui semblait parler avec des pleins et des déliés. Je ne suis pas tombée dans le piège de la prison qui conduit toutes les filles à la grossièreté, même si c'est le seul langage que l'on peut opposer à la langue invertébrée des saintes matonnes, la seule façon aussi de redonner un peu de relief à ce temps qui n'en finissait pas de ne pas vouloir me tuer. Jusqu'au jour où j'ai découvert *Crime et Châtiment* au milieu des hagiographies. Je ne sais pas qui avait glissé ce roman de Dostoïevski sur cette étagère et l'avait immatriculé n° 132, sûrement quelqu'un qui ne l'avait pas lu et qui s'en était tenu au titre. Et la lecture de ce géant m'a soulevée. C'est le seul livre que j'ai volé en prison et que je garde encore avec moi, ici, à Essaouira.

Je ne t'ai pas parlé de mon deuxième frère. Il est mort un an après mon frère aîné. Il a été tué sur les côtes d'Afrique du Nord à bord d'un sous-marin. Le premier dans les airs et le deuxième dans la mer. Ces deux morts, extrêmes et spectaculaires, donnaient à ma famille une dimension mythique. Je n'avais pas encore quatorze ans et cette fois-ci j'acceptai de porter un crêpe de deuil. La guerre était perdue et mes parents avaient donné deux fils à la Patrie. L'héroïsme avait atteint son paroxysme. Peut-être à cause de mon père qui avait rappelé sans cesse à ses fils que les vrais héros étaient ceux qui avaient donné leurs vies pour la Patrie, ceux qui étaient tombés au champ d'honneur ; lui n'avait été, comme il le disait, qu'un survivant. Sans le vouloir, il avait précipité ses fils dans ce gouffre, et se condamnait doublement d'avoir encore une fois survécu à un de ses fils morts aux combats. Il me restait un troisième frère, moins bagarreur et plus solide que les deux aînés, un garçon remarquablement gentil et dévoué. Des quatre enfants il était le seul à n'avoir aucun goût pour l'aventure, il avait un projet simple : se marier, avoir une femme qu'il aimerait toute sa vie, travailler et fonder une famille. Je l'envie souvent d'avoir réussi ce qui aujourd'hui, si j'y accède, m'apparaîtra comme un miracle. Mon père l'obligea à travailler avec lui, pas seulement parce qu'il devenait le seul héritier de son entreprise, mais parce qu'il voulait à tout prix l'empêcher d'aller se faire tuer à son tour. Je ne parle jamais de lui parce que je crois qu'il n'aimerait pas cela. Je ne l'ai plus jamais revu après mon arrestation mais je lui dois de m'avoir trouvé mon avocat. C'est vrai qu'il m'a remise entre les mains de cet homme intègre. Ce fut comme s'il avait dit à maître Baudet : « Je vous la confie, je ne peux plus rien pour elle. » Il connaissait sa limite. C'est une chance dans la vie.

Après la mort des deux aînés, mes parents oublièrent cette année-là de célébrer mon anniversaire. Je ne leur en voulais pas, j'étais préoccupée par autre chose de bien plus grave : ma mère n'avait pas réussi cette fois-ci à maîtriser la douleur que représente la perte d'un enfant. En réalité elle avait séquestré sa première douleur qui ressurgit d'un coup, plus violemment encore, confrontée à ce deuxième deuil, comme l'eau d'une source que l'on croyait tarie peut à nouveau se mettre à couler sans pouvoir maîtriser ce flot puissant qui déborde de partout. Ces deuils la dévoraient comme des enfants affamés. Elle descendit de plus en plus tard de sa chambre. Puis, plus du tout. Elle s'enlisait et passait son temps à mesurer le vide et l'absence, creusant jour après jour dans le silence de la maison les tombeaux de ses fils. Elle n'était même plus capable d'occuper sa place dans sa cuisine, d'imaginer ses repas, d'organiser sa maison, les lessives, le repassage, les conserves, la couture. Le chagrin la défigurait et défigurait la vision de sa propre vie, tout comme les larmes d'un sanglot ininterrompu peuvent défigurer le paysage qui vous entoure. Je surpris mon père plusieurs fois debout derrière la porte de la chambre de sa femme qui, avant ma naissance, avait été leur chambre d'amour. Il scrutait le moindre bruit pour s'assurer qu'elle était en vie. Plusieurs fois je l'ai vu vouloir forcer ce passage, frappant seulement deux ou trois petits coups à la porte, et j'entendais ma mère lui répondre « Ne t'inquiète pas André, je suis un peu fatiguée », sans jamais l'inviter à entrer ni lui permettre de l'assister dans son malheur. Je ne comprenais toujours pas l'amour qu'il portait à sa femme, je prenais son inquiétude pour la conséquence bien naturelle de sa compassion. Mais mon père n'avait qu'un seul désir, voir sa femme recommencer à faire ces choses insignifiantes de la vie de tous les jours et dont je finis par comprendre qu'elles étaient essentielles dans sa vie d'homme.

Je me retrouvai seule, exclue de leur histoire. Je gardai, comme ma mère me l'avait montré, ma douleur pour moi, je l'enfonçai dans mes silences d'enfant bien élevée. Et, au lieu de m'écraser, elle se métamorphosa en une sorte de colère intérieure et donc parfaitement invisible ; ma sauvagerie d'enfant qui jouait encore quelques semaines plus tôt dans le jardin, les cheveux en bataille, les mains dans la terre ou qui accompagnait son père à la chasse, s'est muée en sauvagerie du plaisir. J'étais livrée à moi-même. Je ne savais pas comment lutter contre ces défaites qui avaient déchiré en peu de temps le tissu même de notre famille pour redonner de la vitalité à ma vie qui s'engourdissait dans les deuils répétés. J'ai quitté l'enfance définitivement à ce moment-là sans mesurer que c'était aussi ma façon de mourir à mon tour, de quitter l'histoire de cette famille que mes frères avaient emportée dans leur tombe. Ma vie d'enfant était morte. J'avais mes règles, je devenais une femme et je quittai mes jolies robes de petite fille, mes socquettes et mes sandales. Ma poitrine prit du volume en quelques semaines et je découvris que mes jambes étaient faites pour porter des bas et des talons. Un peu de ricil, du rouge à lèvres, du vernis à ongles, une goutte d'Arpège que mon père avait offert à ma mère pour un Noël et la métamorphose était accomplie. Je pouvais me jeter à treize ans et demi dans les bras de tous les garçons qui me regardaient avec ce que je croyais être du désir. J'ai pourtant aimé ces regards d'envie qui se consumaient sur moi. Je voulais sentir des baisers chauds contre les baisers de marbre sur le front des morts qui avaient anesthésié mes lèvres, je voulais sentir des étreintes brûlantes et puissantes contre cette fatalité inacceptable de ne plus jamais serrer vivants mes frères contre moi, je voulais sentir la chaleur des corps contre la rigidité cadavérique qui m'avait glacé le sang. Ils ne furent pas nombreux ces jeunes hommes, souvent des marins, mais ces parenthèses fugaces et violentes dans les parcs publics ou sur le port me permettaient, même si je n'en ressortais pas tout à fait indemne, de supporter la tristesse de notre maison quand je rentrais. À corps perdu je retournais chaque jour chercher ce miracle qui m'extirpait de la présence nocive de la mort, presque de son odeur.

Les garçons n'étaient pas plus silencieux que les filles au sujet de leurs prouesses sexuelles, ils aimaient s'enorgueillir auprès de leurs copains de leurs brefs passages dans mon corps d'enfant déguisée en femme. Ils jouissaient vite, alors que moi je ne jouissais pas. Je n'avais pas encore quatorze ans et cette absence de jouissance, cette misère de la sexualité, m'obligeait presque chaque jour à m'y confronter à nouveau, poussée par la recherche du plaisir et de l'aventure. Chaque fois que je m'offrais à un marin sur des ballots dans les docks, ou à un soldat dans un coin de rue sombre, ou à un passant dans un parc public, j'étais envahie par une tristesse qui m'engloutissait. Je ne savais pas encore que la jouissance s'appelait aussi « la petite mort » et, de manière animale, pour rassurer mes partenaires, j'appris à simuler des orgasmes sans savoir ce que c'était qu'un orgasme. Le premier amant que j'ai eu, dans un parc public à la nuit tombée, s'était étonné de mon absence de réaction, j'avais éprouvé une douleur au début, puis plus rien. J'avais bien ressenti sa déception. Comme j'apprenais vite, je ne tardais pas à comprendre ce qu'il me restait à faire : il fallait gémir, reproduire les mêmes râles que les hommes mais en plus aigus et plus prolongés. Je variais les sonorités jusqu'à ce que je trouve celles qui ravissaient mon partenaire et je m'y suis tenue sans jamais éprouver le moindre plaisir.

Le temps des cours, j'enlevais mon déguisement de femme et j'effaçais mon maquillage pour redevenir une jeune fille rangée. Cela n'a pas empêché ma mauvaise réputation de courir jusqu'au lycée, d'abord dans les rangs des élèves, puis dans ceux des professeurs. Je fus renvoyée malgré mes deux années d'avance et mes excellents résultats scolaires. Si j'avais fait partie des plus mauvaises élèves tout aurait sûrement pu s'arranger, on m'aurait montrée du doigt, désignée comme l'impure, et l'on aurait accepté de me garder, ne serait-ce que pour l'exemple à ne pas suivre. Sauf qu'en tant que bonne élève je risquais d'inciter mes camarades à suivre mon exemple de débauche. Il n'y avait pas de danger : les pauvres filles ressemblaient déjà à leurs mères et ne jouissaient que de leurs médisances.

« Elle a ça dans la peau. » Je l'ai souvent entendu, même à mon procès de la part d'une de mes anciennes camarades de classe appelée à la barre en qualité de témoin de moralité. « Oui, c'est une meurtrière, ça j'en suis sûre monsieur le président. Elle a ça dans le... la... peau... elle a ça dans la peau, oui. »

J'ai souri quand j'ai surpris cette idiote bifurquer du masculin au féminin dans la même phrase. Le... La peau. Elle voulait dire « elle a ça dans le sang » mais elle n'a pas osé, elle a senti en esquissant le mot que le sang aurait impliqué que j'étais issue d'une famille de criminels. Loin d'elle l'idée de vouloir épargner ma famille qu'elle connaissait bien, ma mère surtout, mais une telle hérédité m'aurait déresponsabilisée, et elle voulait absolument que je sois seule coupable de mon crime. Elle a donc choisi au dernier moment la peau plutôt que le sang. C'était fascinant de voir comment en un millième de seconde, dans la même phrase, dans sa bouche en cœur un peu crispée, elle a rétabli au plus près sa pensée sous son chapeau à plumes (déjà à cette époque, plus personne ne portait de plumes sur son chapeau). Cette pauvre fille a évoqué mon goût du meurtre comme elle aurait parlé de poils ou de verrues ou de furoncles et tout le monde l'a crue. Elle a pensé que la peau n'était rien d'autre qu'un sac qui contiendrait toute la pourriture humaine. Elle ne savait pas ce que c'est que la peau, ce qu'elle cache de choses qui, à vif, ne trouveraient leurs places que sur les étals des bouchers ou dans les égouts des abattoirs. Tous ceux qui n'ont pas fait médecine ne comprennent pas la beauté monstrueuse du corps humain. Ils ne voient que l'apparence. Elle ne sait pas à quel point la peau est capable de miracles, ne serait-ce que pour nous faire sentir ou croire qu'une partie du ciel coule dans nos veines. Sans la peau nous serions dans la vérité repoussante de nous-mêmes. Nous ne pourrions pas nous regarder, nous ne serions que des écorchés à vif que l'air brûlerait. Elle ne savait pas que la peau crée l'invisible.

J'eus envie de pleurer ce jour-là. Pour l'insulte. Pour le mensonge. C'était une vengeance de cour d'école que mes juges ont pris très au sérieux. Tout ça, à cause des hommes et de mon goût pour leurs sexes durs, leurs muscles durs, leurs bouches dures, leurs poils durs. Durs comme tous les objets.

Après la mort de mon deuxième frère, mon père considéra que sa famille avait largement payé son tribut à la France. L'ancien combattant connaissait la limite du sacrifice. Il commença à entretenir des relations plus étroites avec l'occupant au nom de la réconciliation nationale avec les Allemands, comme le souhaitait Pétain, son héros. Il travailla pour eux sur des projets de construction dans l'espoir de faire vivre sa famille. Depuis le début de la guerre les chantiers publics étaient arrêtés. Dans le même temps et contre toute attente, ma mère ne réagit pas à l'annonce de mon renvoi du collège, pas un reproche, pas un mot, presque de l'indifférence. Ma réputation de « fille à soldat », de « petite salope », de « bouche à pipes », celle « sur qui seul le train n'était pas passé », semblait avoir atteint mon père plus violemment encore que la mort de ses deux fils. Sa déception était visible. Pendant plusieurs jours, il ne m'a pas adressé la parole avant de remettre les clés de son entreprise à son dernier fils vivant.

Ma mère n'apparaissait quasiment plus. Les rares fois où elle descendait de sa chambre c'était pour occuper ses insomnies en se remettant à cuisiner. « Uniquement des plats qui font de l'usage, disait-elle. Faut bien que vous mangiez ! » Elle qui avait passé sa vie à faire de cette cuisine qui donnait sur le jardin le cœur de son foyer et de sa vie, cherchant à chaque repas à remplir nos estomacs et à se satisfaire de notre plaisir à manger ce qu'elle avait préparé, devait désormais se contenter de bourguignons faits avec du mou de porc ou de mouton accompagné de rutabagas, de ragoûts de vieille poule aux rutabagas ou quelquefois un des lapins que nous élevions dans des clapiers nourris eux aussi aux épluchures de rutabagas et dont la chair était insipide. Cette nourriture lui faisait détester la guerre encore davantage. L'idée que nous pourrions mourir de faim fut la seule chose qui l'obligea épisodiquement à sortir de son deuil. Le cauchemar de Lille supplantait le cauchemar de ses fils morts et nous la ramenait avant que le deuil nous la reprenne. Sa seule consolation était de se dire que ses fils n'avaient pas été obligés de manger des choses aussi mauvaises.

« Il faut comprendre qui est ta mère, me dit un jour mon père plein d'émotion ; cette femme peut se passer de tout, de vêtements, de chaussures, de chauffage mais pas de nourriture pour ses enfants et pour son mari, pour toi et pour moi. » C'était vrai qu'elle ne pensait jamais à elle. Elle était mesurée en tout, même dans les assiettées qu'elle se servait. Enfants, mes frères et moi ne devions manquer de rien. C'était ça son régal. Mon père nous disait souvent en sa présence : « Ce n'est pas seulement une femme que j'ai à la maison, j'ai épousé un Pélican. » Il disait cette phrase bizarre qui la faisait sourire et même parfois soulever les épaules pour dire : « Tu es fou, je ne suis pas ce grand oiseau magnifique. » Mes frères et moi ne comprenions pas ce que cela voulait dire. Nous pensions que c'était une sorte de code entre eux. Ce n'est qu'en étudiant Musset avec lui que je découvris dans *La Nuit de mai* le passage sur *Le Pélican* qui, après avoir fouillé les océans vidés de toute nourriture, revient sur le rivage, se déchire la poitrine avec son bec et donne son cœur à dévorer à ses petits pour qu'ils ne meurent pas de faim. C'est sûrement grâce à ce poème que mon regard sur ma mère a commencé à changer, même si, comme je l'avais remarqué, le Pélican est un père. Je me souviens encore de certains vers que je me suis souvent récités quand le manque était trop fort et que je m'enlisais dans la nuit effarée de la prison.

Pour toute nourriture il apporte son cœur.
Sombre et silencieux, étendu sur la pierre,
Partageant à ses fils ses entrailles de père,
Dans son amour sublime il berce sa douleur ;
Et, regardant couler sa sanglante mamelle,
Sur son festin de mort il s'affaisse et chancelle,
Ivre de volupté, de tendresse et d'horreur.

Des quatre petits que ma mère avait mis au monde, il ne lui en restait plus que deux. Les deuils impossibles de ses fils aînés semblaient lui avoir appris à se contenter de presque plus rien. Dans ce long temps qu'elle passa dans sa chambre, je sais aujourd'hui qu'elle nourrissait ses enfants morts de sa douleur de mère, seul moyen pour elle de les maintenir en vie dans un au-delà où elle seule pouvait se rendre. *Sous les pieds des mères se trouve le Paradis*. Rachida, une voisine marocaine me l'a dit un jour alors que nous parlions de la maternité. Cette sourate du Coran est d'une vérité affolante : les mères sont capables de choses inimaginables, de choses qui dépassent les limites du monde humain. La religion de ma mère l'aidait, cela ne fait aucun doute, à transformer sa propre vie en Eucharistie pour ses enfants morts. Et mon père n'eut pas d'autre obsession, une obsession furieuse même, que de la faire revenir à leur vie. Nous savions l'un et l'autre que la nourricière sans nourriture n'y parviendrait pas et laisserait ses fantômes la dévorer du dedans. Elle ne pesait presque plus rien.

« À partir d'aujourd'hui je vais reprendre ta vie en main. »

Puisque j'étais vivante, il fallait que ma vie ait un sens et j'étais loin d'imaginer quelle suite mon père comptait donner à ce projet. Mais je me satisfaisais de son bonheur à pouvoir intervenir sur le cours de mon existence à la différence de mes frères qu'il croyait avoir conduits à la mort à force de les avoir nourris de l'héroïsme des copains tombés au champ d'honneur. Il pensait aussi que j'allais pouvoir l'aider à extirper sa femme piégée dans sa torpeur des enfants morts, bien qu'à ce moment-là je ne voyais pas encore comment ni en quoi je pourrais l'aider dans cette tâche colossale. Ma confiance en lui était totale : au lieu de retenir la faute et de me punir, il retint la seule chose de moi qui en valait la peine : mon désir de devenir médecin. Il avait toujours approuvé ce choix, même s'il se contentait de dire : « Il faut beaucoup de courage et de force mentale pour faire ce métier ; c'est un métier d'homme. » À cette époque je n'entendais pas l'envers des paroles qu'il était capable de prononcer.

Chaque jour de cette année, de mars 1942 à juin 1943 fut consacré à l'étude. Bien plus que m'aider, il voulait aussi rassurer ma mère. « Je m'occupe de Pauline, ne t'inquiète pas », lui disait-il presque tous les jours. Il craignait qu'en restant seule dans sa chambre à faire son travail de fossoyeur elle finisse par s'y engloutir tout entière. Quand je m'inquiétais de son absence, il me disait : « Laisse-la faire, elle n'a pas besoin de toi pour l'instant, elle a seulement besoin d'être avec ses fils. » Je ne comprenais pas ce qu'il voulait dire par « pour l'instant ». Je n'aimais pas ma mère, pas encore, pas comme je l'aime aujourd'hui. Mon père fut de tout temps celui qui éclairait mes jours, le porteur de toutes sortes de promesses, mais de promesses utiles et « réalisables ! », comme il le répétait régulièrement. « Réalisables Pauline ! Et tu ne connais pas encore le potentiel que tu as en toi ! » Je n'avais que quinze ans. J'abandonnais ma course folle de jouissance à travers les corps des hommes pour me laisser remplir de ses mots, de ses pensées et de ses images et je m'émerveillais d'apprendre avec lui ; j'aimais cet état de clandestinité et de connivence, même si j'ai réalisé beaucoup plus tard que tout cela faisait partie d'un calcul qui avait pour objectif de me sacrifier. Pour l'instant je me réjouissais qu'il devienne mon maître. Normalement on dit que quelqu'un vous accompagne dans vos études ; dans ce cas précis, ce fut tout le contraire, j'avais l'impression de l'accompagner dans ce travail d'étude qu'il organisait pour moi chaque jour, heure par heure. Je prenais son engagement à mon égard pour un privilège. Il ne me restait plus qu'à le suivre sur ce chemin qui devait me conduire à la faculté de médecine. Ma mère, dans le même temps, jetait dans les tombeaux imaginaires creusés dans l'espace de sa chambre les promesses et les rêves de ses fils.

Je connaissais la capacité de mon père à parler et utiliser le français avec une précision d'horloger, usant quand il le fallait des subjonctifs les plus coriaces dignes d'un Chateaubriand. Je pris aussi la mesure de son intelligence pédagogique et de son savoir dans des domaines aussi variés que la philosophie, les mathématiques, la chimie, la physique, les sciences naturelles et même l'anglais, dont il maîtrisait parfaitement les bases. Preuves comme il le disait qu'il avait fait « ses humanités » et je ne me rassasiais pas de l'écouter. Il ouvrait un livre, me demandait de lui donner le titre de la leçon, quelle que soit la matière, et le cours commençait sans qu'il ait besoin de se référer à ce qui était écrit. Je l'ai vu, dans ce labyrinthe du savoir, circuler avec une aisance sportive, c'était une sorte de jeu qui lui permettait d'utiliser ses connaissances tout en les révisant. Quelquefois il s'arrêtait, presque essoufflé, étonné lui-même par sa mémoire scolaire. Il m'impressionnait et rien ne manquait ni à ses définitions, ni à ses démonstrations, ni à ses exemples ; au contraire, il en savait bien plus que mes livres de classe et je compris très vite que ses exemples étaient surtout tirés de ses expériences intimes et sensibles, de ses voyages ou de sa vie d'avant son mariage. Il avait longtemps vécu en célibataire (il avait dix ans de plus que ma mère), et bien plus longtemps que dans sa famille ; sa vie ne s'était donc pas limitée à cette maison, à son épouse, à ses enfants, pas même à son travail, ni à l'entreprise qu'il avait créée ; il avait connu bien des choses que je ne connaissais pas encore, pas seulement ce qu'il avait vécu dans les tranchées de Verdun, mais avant dans sa vie d'homme. Mon père avait été jeune, il avait vécu des aventures, des amours, voyagé, rêvé. C'est ce que j'entendais dans tout ce qu'il me disait. C'étaient justement ces choses de la vraie vie qu'il m'offrait à demi-mot, d'autres promesses qu'il me faisait ; et personne plus que lui ne m'a donné envie de voyager dans la vie. Comment d'une vie d'aventure il avait pu passer à une vie de famille et s'y plaire ?

C'était un véritable mystère. Mais je n'avais pas encore réalisé que seul l'amour avait un tel pouvoir de métamorphose, probablement parce que je n'avais jamais réussi à imaginer que ma mère, apparemment si modeste et si jolie, pouvait être une femme désirée. Presque morte dans sa chambre, elle ne m'inquiétait pas et je profitais de son agonie d'une certaine manière pour savourer ces heures passées avec mon père à apprendre, assise avec lui dans la cuisine. La mort de mes deux frères coup sur coup avait réussi ce prodige : éclairer ma vie au lieu de l'éteindre. C'est un paradoxe difficile à assumer, surtout aujourd'hui. C'est aussi dans cette cuisine que j'eus la certitude que j'allais rendre possible mon désir de la médecine, même si je commençais à sentir que mon père attendait autre chose de moi. Mon intuition était juste.

Un jour où ma mère était incapable de sortir de sa chambre, je décidai de préparer le plat préféré de mon père, qui avait heureusement des goûts simples : une omelette aux pommes de terre grâce aux œufs qu'il avait rapportés la veille et à quelques pommes de terre que j'avais chapardées dans le jardin d'un voisin. Il ne dit rien quand il entra dans la cuisine et me surprit avec le tablier de ma mère. Une fois passés à table dans un tête-à-tête anormalement silencieux, il entra dans un état de colère que je ne lui connaissais pas, une sorte d'irruption, lui qui était si calme mais si ferme habituellement, renversa son assiette qu'il envoya valdinguer au milieu de la pièce. Je crus que sa colère venait du chapardage des pommes de terre que le voisin cultivait et vendait ordinairement au marché noir. Mais je me trompais encore. Je me suis toujours trompée avec mon père. Non seulement il avait trouvé insipide ma cuisine, mais il refusait absolument de me voir dans ce rôle. « Ce n'est pas ta place ! Ce n'est pas ta place ! » répétait-il. Je crus qu'il ne supportait pas de me voir faire cette besogne parce qu'il avait d'autres ambitions pour moi. J'abandonnai sans grande difficulté ma position de cuisinière pour retourner à mes études. Je m'y plongeais et j'obtins en septembre ma première partie de baccalauréat et en juin de l'année suivante la seconde. Tout me destinait au bonheur. Tout me destinait à quitter la maison. J'étais prête.

Tu imagines ça, à seize ans je pouvais entrer à l'université, et cela aurait fait de moi la plus jeune étudiante en médecine de France. Je me sentais tout à fait capable de relever ce défi. Cette année passée à étudier avec mon père dans la cuisine m'avait fait oublier la guerre et l'Occupation. Ce fut un temps hors du monde jusqu'au jour où mon père me rappela que nous étions en guerre et que l'ogre allemand nous occupait. Sa conclusion fut sans appel : « Pas question que tu quittes Dunkerque, tu feras médecine quand tout cela sera terminé. » Un réveil brutal. Je ne comprenais plus à quoi tout ce travail que nous avions fait avait servi, ni dans quel but il m'avait maintenue assise dans cette cuisine à l'écouter pendant plus d'un an. « Tu veux tuer ta mère ? » Je ne voyais pas le rapport qu'il faisait soudain entre mon éventuelle entrée en faculté de médecine et le deuil impossible de ma mère. « Elle ne pourra pas supporter de te savoir toute seule, surtout à Lille. Est-ce que tu comprends ça ? Ta mère a besoin de nous. » Je me souviens du temps qu'il a pris, c'était un temps durant lequel il semblait essayer de formuler une pensée presque inavouable, quand il prononça la mâchoire serrée : « Elle a surtout besoin de toi. Tu ne crois pas qu'il est temps de payer ta dette ? » De quelle contrepartie parlait-il ? Des soins que ma mère m'avait prodigués dans mon enfance, ou alors du mal que ma mauvaise réputation lui avait fait ? Je connaissais la réponse. Mais comme il me donnait une place dans la vie de ma mère, et apparemment une place importante, je m'en contentai donc. Puis il ajouta sans hésiter : « Tu as deux ans d'avance en tout, tu ne crois pas que tu peux attendre ? » Ce fut la seule fois où il fit allusion à ma période de perdition avec les hommes. Deux ans d'avance en tout. Le temps des représailles avait commencé.

Mon désir de fuir cette famille était bien plus ardent et bien plus ancien que je le croyais, il datait peut-être même de ma naissance. Ma mère me l'avait dit : « Tu es sortie de mon ventre quelques jours avant terme, alors que tes frères seraient bien restés, ils ont tous dépassé la date prévue… On aurait dit que tu avais envie de voir le monde au plus vite. » J'avais toujours la même envie.

Mais impressionnée par la stature virile de mon père, je m'inclinai sans discuter. Je n'avais plus de désir devant sa détermination et son jugement. C'est difficile à expliquer. Il y a l'être et le mal-être, il y a le bonheur et le malheur, il y a la joie et la tristesse, il y a l'envie et le dégoût, mais il n'y a pas de mot qui s'oppose et contrarie l'idée du désir. Le désir est ou il n'est pas. Il n'est que dans l'accomplissement. Ou alors, l'inverse du désir est peut-être bien le désarroi, quand justement l'on perd l'arroi, ce qui permet de tracer son sillon. Le chemin que je m'étais tracé s'était effacé en quelques minutes. J'étais tellement anéantie par toute cette confusion dans laquelle j'avais baigné toute mon enfance que je n'eus pas la force de résister à mon père, pas même à sa perversion que je pressentais sans être encore capable de mesurer le piège qu'il me tendait. Mon père avait la clé de la porte par laquelle je pouvais m'en aller et je compris bien qu'il ne me la remettrait qu'une fois ma dette payée. Dire que ce n'est que maintenant, des années plus tard, à un millier de kilomètres de sa tombe, que je peux enfin l'arracher d'entre ses os et la lui reprendre.

« Tu vas devenir infirmière en attendant. » Il prétendit vouloir que je me confronte à la dure réalité d'un hôpital, ce qui, d'après lui, m'aurait aidé à mesurer mon désir de devenir médecin.

Par ailleurs, mon père était convaincu que si sa femme pouvait retrouver du plaisir à cuisiner, leur vie reprendrait comme avant la guerre. Il s'était déjà démené pour lui trouver des légumes ou du fromage ou un morceau de viande qu'il payait une fortune au marché noir, mais il n'était pas arrivé encore à ressusciter son désir de nourricière. J'avais eu le temps d'observer ma mère et, malgré sa détresse, je m'étais aperçue qu'elle se comportait d'une certaine façon en courtisane fatiguée dont l'amant lui aurait refusé les plus beaux bijoux pour ne lui rapporter que des pacotilles. Ce fut le seul moment où je compris que ma mère avait des exigences et des obsessions de femme avant de sombrer à nouveau dans son effroyable travail de deuil. Elle n'était pas seulement en deuil de ses fils. Mon père avait raison, elle l'était de la vie qu'elle aimait avec toute sa tribu d'hommes, surtout maintenant que son dernier fils avait quitté la maison après s'être marié. Mon père me fit alors entrer en jeu pour devenir l'actrice principale de son projet de résurrection.

Mon père connaissait le médecin-chef qui dirigeait l'hôpital sous tutelle allemande. Jamais il n'en avait parlé ni même évoqué son nom et il me proposa de le rencontrer pour obtenir un poste d'infirmière. En temps de guerre cela était assez facile d'occuper cette place, même sans formation. Je me réjouissais à cette idée même si ce n'était que le projet écran à son objectif secret.

« Il faut que tu fasses bonne impression. » C'est tout ce qu'il me dit. Alors, le matin de ce rendez-vous je m'étais levée de bonne heure avec la même excitation que je ressentais chaque année avant le premier jour de classe. Depuis la veille les vêtements que j'avais choisis étaient prêts sur la chaise et je dormis très peu, bien trop excitée à l'idée de ce jour nouveau qui m'attendait. Quand j'apparus dans la cuisine mon père était déjà là et il m'observa de la tête au pied, je lus une certaine déception dans son regard et rien n'était plus difficile pour moi à supporter que de décevoir mon père. Il trouva ma tenue inappropriée pour postuler à ce travail. J'avais mis une jupe plissée, un chemisier blanc légèrement bouffant aux manches et des socquettes dans mes sandales compensées. C'était le genre de tenue qui ne me plaisait pas particulièrement mais qui me semblait correcte pour une jeune fille qui allait célébrer ses seize ans. Il me dit : « Tu ne vas pas chez un médecin pour une consultation, ma fille, mais pour un travail, et si au premier coup d'œil ton futur patron comprend que tu n'as que quinze ans il ne t'engagera pas. Moi-même, je n'engagerais jamais une secrétaire qui ne me donnerait pas l'assurance qu'elle a suffisamment de maturité pour me soulager dans mes affaires, tu comprends ? »

Comme je manquais de réaction, alors que j'étais légèrement abasourdie par ce que j'entendais, il reprit et fut beaucoup plus clair, même s'il se mit à parler à voix basse pour que ma mère ne l'entende pas : « Pauline, quand on a deux ans d'avance dans ses études, on peut avoir deux ans d'avance dans sa tête et tu es une femme maintenant, si j'ai bien compris les raisons qui sont à l'origine de ton renvoi du lycée. Ça ne devrait donc pas être très difficile pour toi. »

Il y eut un moment de tremblement entre lui et moi le temps que j'ajuste mes pensées aux siennes. Il m'autorisait à quitter cette enfance que j'avais réendossée presque par erreur ce matin-là, croyant lui faire plaisir.

Je retournai dans ma chambre et m'habillai donc en conséquence, sans ostentation, avec une robe fleurie légère serrée à la taille par une petite ceinture de cuir rouge. Cela ne suffit pas. Sur le chemin, il m'acheta une paire de chaussures à talons et je quittai mes socquettes pour mettre une paire de bas de soie qu'il sortit de la poche de son manteau. Puis je me maquillai légèrement sans trop faire rosir mes joues. Tel un costumier ou un grand couturier, mon père me dévisagea, m'inspecta. Je ne savais comment me comporter mais je vis l'œil expert d'un homme sur le corps des femmes. Il me trouva belle. « Tu es vraiment belle. » Il avait bien dit belle mais j'entendis désirable. Jamais mon père ne s'était prononcé sur mon allure ou sur ma façon de m'habiller. Je pris donc cette remarque comme une victoire pour ne pas dire une consécration. Il continua dans ce sens trouvant que mes yeux gagnaient à être un peu plus maquillés. Il avait raison. Avant de quitter sa voiture il prit soin de me donner une dernière recommandation : « Surtout ne dis rien à ta mère, elle ne comprendrait pas. » Ce ne fut pas difficile de lui faire cette promesse.

La métamorphose était accomplie quand je suis entrée dans le bureau du médecin-chef, le docteur Domnick, officier de la Wehrmacht. Je crus défaillir. Pas à cause de sa stature d'homme mûr ou de son regard déterminé, mais à cause de son bureau que la guerre avait transformé en garde-manger. Il y avait des lapins et des poules vivantes dans des cages, des légumes – je me souviens de m'être dit devant un énorme potiron qu'une fée aurait pu en faire sortir deux carrosses. Il y avait des jambons, une quantité de charcuterie comme on ne peut en voir que chez un charcutier, du sucre, de la farine et même du chocolat. Je commençais à comprendre les intentions de mon père. Je ne pensais qu'à toute cette nourriture. Si j'étais un peu maline, me disais-je, ma mère aurait autre chose que du mou à faire en civet et pourrait retrouver le plaisir de cuisiner. Ainsi mon père serait à nouveau heureux, débarrassé de ce fardeau. Domnick dut s'apercevoir de mon état d'hypnose alors que je pensais à ma mère tout en me disant que les Boches, comme en 1916 à Lille, nous prenaient tout.

« C'est avec ça que les malades me payent », me dit-il, dans un français parfait avec cet accent allemand qui donne une certaine rugosité à notre langue.

Il soignait aussi bien les Français que les soldats qui arrivaient du front de l'Est ; mais je n'en revenais pas de voir ce que les paysans nous refusaient et gardaient dans leurs celliers pour troquer les services de l'ennemi, d'un ennemi capable de les soigner et de les guérir. J'étais sans voix.

Moi qui n'avais jamais prêté la moindre attention à la nourriture j'étais enivrée par toutes ces odeurs de légumes si puissantes qui réussissaient à masquer les odeurs d'hôpital. Ma mère serait revenue à la vie devant ces merveilles en imaginant déjà tous les plats qu'elle aurait pu cuisiner. La discussion tourna autour de mes connaissances de la médecine, j'avouai que je n'en avais aucune sur la façon de soigner mais j'insistai sur ma connaissance du corps humain ; ce qui eut pour effet de le faire sourire. Mais je savais ce que je disais. Je pensais à cette institutrice de Lille qui avait insulté le commandant de l'état-major allemand en l'obligeant à faire le lien avec son ivrognerie tout en comparant la part des anges à la part de lait qui revenait aux enfants. J'avais compris que je ne devais en aucun cas le heurter, c'était lui qui avait le pouvoir et je me bornais à le faire sourire, à le séduire. Il voulut savoir ce que je savais du corps et après lui avoir passé en revue les os du squelette, les muscles, les organes, j'achevai mon inventaire en lui rappelant que sans nourriture, le corps humain, même le plus robuste, meurt en très peu de temps. J'hésitai à lui parler de mes deux frères morts au combat mais préférai finalement éviter le sujet. De toute façon, puisqu'il connaissait mon père il était probablement au courant. Il n'y eut donc pas un mot sur cette période de deuil. J'en revenais à cette histoire de nourriture, j'étais intarissable, de la même façon que si j'avais passé un oral de philosophie m'étonnant du peu de cas que la Bible au fond fait de la nourriture. En dehors de la Cène et du dernier repas de Jésus, de la multiplication des pains et des poissons, du veau gras que l'on tue pour le retour du fils prodigue, Dieu ne sait jeter que la famine sur un peuple pour le punir. Mais de quoi Dieu nous punissait-il avec cette guerre ? Il me laissa parler jusqu'à ce que je n'aie plus rien à dire sur le sujet. Il me regarda tranquillement, salua mon intelligence et conclut que j'avais encore beaucoup de choses à apprendre. Loin de m'offenser, je lui rappelai que c'était précisément pour ça que j'étais là, sinon je serais déjà médecin et ce serait à moi que l'on aurait donné toute cette nourriture. J'usai de tout mon humour tout en restant assez déterminée. Je me sentais comme une sorte d'espionne en train d'accomplir une mission pour le bien de l'humanité. Je ne sais pas où j'ai trouvé cet aplomb pour m'adresser à un homme de cette stature qui avait trente ans de plus que moi. Il partit d'un grand éclat de rire. Je l'avais conquis. Il me dévisagea longtemps avec ses yeux bleus et brillants sous la broussaille de ses sourcils, si longtemps que j'eus l'impression qu'il était parti à la recherche de mon âme. C'était la première fois qu'un homme (je n'avais connu jusque-là que de très jeunes hommes, souvent immatures) me regardait de façon si claire, sans aucune ambiguïté sur son désir, sans dire un mot ; il m'enveloppait avec une telle douceur que je n'en éprouvai aucune gêne. Je ne pouvais m'empêcher de penser au miracle que je risquais d'accomplir pour ma mère. C'était plus fort que moi, même s'il avait été affreux, veule, vulgaire, libidineux, ventripotent, je n'aurais pas hésité non plus une seconde à le séduire. Ma chance : il était bel homme. Je n'avais donc rien à craindre. Son regard me faisait le même effet que des mains puissantes et douces qui m'auraient caressée. La conversation continua sur des banalités qui n'avaient pas d'autre objet que de me garder dans ce bureau avec lui. En peu de temps, je sentis que je pourrais m'installer dans ses yeux, être dans le champ permanent de son regard en toute tranquillité. Il était à peine plus jeune que mon père, sa prestance, ses tempes grisonnantes, ses sourcils broussailleux lui donnaient un charme d'une virilité devant laquelle n'importe quelle fille aurait succombé. Je l'intéressais, je le voyais. Son regard ne fut en aucun cas indécent, jamais il ne le fit courir sur mes genoux que j'avais croisés, ni sur l'échancrure de mon chemisier. De toute évidence il me désirait.

« Écoutez Pauline, nous allons passer un marché. Vous allez travailler avec moi, vous serez mon assistante, je vous apprendrai tout ce que vous devez apprendre pour vos futures études de médecine. Maintenant, pour vous payer, puisque je n'en ai pas les moyens, vous pourrez prendre de la nourriture, toute la nourriture que vous voudrez. »

Il ne s'agissait que de légumes, de farine, d'œufs, de viande, mais je me retrouvai dans la position d'une femme désirée comme dans les films, une femme fatale au pied de laquelle un homme déposait sa fortune, sans restriction puisque cette nourriture était tout ce qu'il possédait et tout ce que je convoitais. Il me fit promettre de venir travailler dès le lendemain et je n'eus aucune difficulté à tenir ma promesse.

Ce fut un jour de triomphe : j'allais pouvoir rassurer mon père tout en faisant mes premiers pas dans le monde de la médecine et dans ma vie de femme.

J'avais osé demander une avance et je retournai à la maison avec un lapin, des oignons et des légumes pour faire une soupe. Mon père appela ma mère et l'obligea à descendre. Nous allions savoir si nous avions eu raison mon père et moi d'agir de la sorte. Elle ne se fit pas prier, elle dut sentir dans la voix de mon père qu'il se passait quelque chose d'extraordinaire. Je reverrai toujours ma mère entrer dans la cuisine regarder la table couverte de victuailles. Elle ne posa aucune question et se mit à cuisiner aussitôt. Je suis restée là. J'espérais un peu de reconnaissance de la part de mon père mais il n'avait d'yeux que pour sa femme. Je n'avais jamais vu mon père aussi fébrile, presque joyeux. Lui si austère ordinairement alla même chercher une bouteille de vin blanc à la cave. Elle n'en revenait pas qu'il consente à ouvrir une de ses bouteilles qu'il chérissait plus que tout et pesta qu'il lui manquât du thym frais. Mon père ne s'était pas trompé, ma mère n'attendait pas un miracle, elle avait seulement besoin de retrouver sa place dans sa maison, la seule place qu'elle connaissait et qui lui convenait.

Au début, pour éviter tout relâchement de la part de ma mère et comme je savais qu'elle ne pourrait pas laisser de la nourriture se perdre, je lui rapportais des denrées périssables pour qu'elle se mette à les cuisiner tout de suite, du poisson surtout ; puis petit à petit j'apportai des denrées moins périssables et plus nécessaires, comme la farine, les œufs et le sucre qui lui avaient tant manqué pour exercer ses dons de pâtissière. La pâtisserie était un monde qui la ravissait et avait même le pouvoir, disait-elle, quand il ne faisait pas beau par exemple et que l'on se sentait un peu maussade, de remettre un peu de soleil à l'intérieur de la maison.

Ma mère me réapparut. Je ne peux pas dire la chose autrement. Cette protestante plus fragile qu'il n'y paraissait, sollicitée par la nourriture que j'apportais tous les jours, reprit son tablier et le noua autour de sa taille, sans effort, comme elle le faisait avant la guerre, quand ses fils étaient là. Sa taille s'était sérieusement affinée, elle pouvait maintenant faire un tour complet avec les deux cordons de son tablier pour les ramener sur l'avant et les nouer sur le ventre, alors qu'avant guerre elle les nouait dans le dos avec une grande boucle ; elle se remit en cuisine et, redevenant la nourricière, elle réussit à raccommoder les bords de notre vie de famille que les deuils avaient déchirée. J'ai cru le bonheur revenu quand j'ai vu mon père lui sourire ; on aurait dit qu'il lui disait : « Merci d'être revenue à la vie », et elle lui répondit par un autre sourire : « De rien, c'est moi qui te remercie d'avoir attendu, André. » Ce fut la seule fois que ma mère m'embrassa sans raison, puis après avoir déposé un baiser sur mon front elle me regarda, enfonçant son regard cerné dans le mien et dit avec une extrême douceur : « C'est vrai que le maquillage fait ressortir tes beaux yeux ma chérie. Mais tu es un peu jeune pour ça. » Puis se tournant vers mon père elle ajouta sans changer de ton. « C'est comme ces talons et ces bas, ce n'est pas de son âge et on va encore dire toutes sortes de méchanceté sur notre fille, par jalousie je sais, mais quand même ! Tu ne crois pas André ? »

J'avais compris : les bas, les talons et le maquillage, je ne les mettrais qu'avant d'entrer à l'hôpital, puis je redeviendrais une jeune fille parfaite avant d'entrer dans la maison, sans fard et sans talons, comme je le faisais deux ans plus tôt quand je quittais le port pour retourner à l'école.

J'espérais un soutien de mon père qui après tout était le maître de ma métamorphose. Sans me regarder, il me conseilla d'aller me débarbouiller. J'aurais pu le faire avec mes larmes.

Ce bonheur familial retrouvé, je n'arrivais plus à m'y faire une place. Plus question donc de me démaquiller en quittant l'hôpital et avant de rentrer chez mes parents. Je succombai sans aucune résistance au docteur Domnick, qui pourtant n'avait jamais eu la moindre parole déplacée à mon égard depuis que je travaillais avec lui. Juste quelques recommandations ou félicitations. Pas de gestes non plus pour me faire entendre son désir. Peut-être quelques allusions légèrement voilées. Mais je ne les voyais pas. Je ne les entendais pas. Je n'en voulais pas. Il était trop vieux pour moi et je voulais tout apprendre de lui. Alors pourquoi soudain, exclue de ma propre famille, j'eus la sensation qu'il était le seul à pouvoir me protéger, alors que pour tout le monde, même pour mon père, il restait l'ennemi naturel ? Quel est ce phénomène capable de transmuer ce malaise familial, fusse celui créé par la disparition de mes frères ou la réapparition de ma mère, en une course d'amour effrénée, presque suffocante pour les hommes, en l'occurrence cette fois-ci pour un homme ? Avec la disparition de la petite fille que j'avais été, mes rêves ne suffisaient plus, mon corps prit le relais et commença à devenir l'axe central de ma vie de femme. Ce fut un chemin et Domnick fut la première personne à ne rien attendre d'autre de moi que ce que je pouvais donner : ma passion pour la médecine et mon besoin d'être aimée, tout en acceptant que je pille en lui tout ce que je pouvais piller. Lui seul dans ma vie fut le grand pélican.

L'hôpital, comme plus tard la prison, offrait une sorte de parenthèse du monde qui obligeait mon regard à changer sur les choses de la vie ordinaire. La vie sans concession y domine puisque tout ici, dans ce combat permanent avec la mort, donne aux actions, même les plus infimes, une dimension miraculeuse ou héroïque. Tout est hors du commun. En médecine on est confronté, chaque jour, chaque minute, au pire des défis, on vous destine à sauver des vies tout en défiant Dieu. Il faut une sacrée dose d'arrogance pour extirper des vies humaines des mains du Tout-Puissant, même si ce n'est que pour un temps. Domnick m'expliqua que le médecin est celui qui reconnaît la mort avant qu'elle soit nommée.

C'est parce qu'il la repère qu'il peut entrer en conflit ouvert avec Dieu qu'il a pris par surprise, grâce à son savoir. C'est lui aussi qui offre à Dieu les corps sans vie une fois le combat terminé. Oui, c'est une offrande quand il n'y a plus rien à faire. C'est la phrase que tout le monde redoute : « Il n'y a plus rien à faire. » Et quand il n'y a plus rien à faire, alors Dieu peut faire son boulot. Pas avant. Je me souviens qu'il avait conclu par ces mots : le médecin s'acharne à rendre des corps vivants aux humains et des corps sans vie à Dieu ; le médecin dit que Dieu est le dieu des morts pour se débarrasser de son échec bien plus que de la dépouille ; il est celui qui ramène des entrailles de la mort des hommes et des femmes qu'il rend à la vie ; il ressuscite des mourants ; il entretient avec la mort un lien étroit de dégoût et de révolte. Comment en serait-il autrement puisque chaque médecin tient tout son savoir des choses qu'il a apprises dans les salles de dissection sur les cadavres ?

C'est dans ce climat que j'ai découvert la jouissance, pas seulement celle de la sexualité, toutes les autres, toutes les jouissances terrestres : boire du vin, fumer une cigarette, lire un roman d'amour dans le lit où l'on a fait l'amour, écouter de la musique les yeux fermés. Et pourtant je n'ai jamais été amoureuse de lui, je le désirais, je l'admirais et je le respectais pour la nourriture qu'il m'offrait, pour le grand médecin qu'il était et pour la femme qu'il m'aidait à devenir tout en me faisant progresser dans la voie de la médecine, qui restait mon objectif absolu.

J'ai passé une année complète dans cet hôpital à soigner avec lui des blessés graves qui revenaient du front. Alors quand j'ai pu commencer mes études de médecine après la guerre, je ne me suis en effet pas évanouie devant le premier cadavre qu'on m'a présenté. Des morts, des agonisants, des corps déchiquetés j'en avais déjà vu beaucoup, j'avais pansé des plaies purulentes, j'avais recousu des chairs abîmées, j'avais lavé des morts. Je ne peux pas dire que l'on s'habitue à ces horreurs ; j'avais appris à faire face et à mettre de côté mes sentiments comme mes nausées au nom des vies que nous étions en train de sauver, même si c'étaient les vies de jeunes Allemands. On me l'a reproché plus tard, comme si la médecine avait une seule nationalité.

En 1944 je n'avais pas encore tout à fait dix-sept ans quand toutes les cloches des églises de Dunkerque se sont mises à sonner pour annoncer la fin de la guerre. Domnick était parti quelques jours plus tôt rejoindre sa femme et ses enfants dans sa ville natale, à Berlin. Il m'avait dit : « Sois heureuse, ton pays a gagné la guerre, tu vas pouvoir devenir médecin, et je sais que tu seras un grand médecin. Ne pense qu'à ça et je viendrai un jour te retrouver. » J'étais heureuse que la guerre soit finie, pas seulement parce que nous n'allions plus être occupés, pas seulement parce que c'en était fini de la guerre, mais parce que j'allais enfin pouvoir entrer à l'université, bien que, en quelques secondes l'esprit de la famille s'était reconstitué naturellement. Mon avenir était clair. Je sentis à nouveau mes rêves à portée de main. Je n'avais plus qu'à tendre le bras. J'avais toujours une bonne année d'avance, et je ne doutais pas de devenir le médecin que j'avais toujours voulu être. Plus rien n'allait me retenir à Dunkerque. J'étais sur le chemin et je ressentis dans tout mon corps une incroyable excitation. Même ma mère, si réservée d'ordinaire, était survoltée ce jour où les cloches des églises catholiques ont retenti, comme si on lui avait dit que ses enfants allaient ressusciter maintenant que le danger avait disparu. Sans attendre, elle a immédiatement recommencé à faire des projets d'avenir. La vie était redevenue simple pour elle, son dernier fils allait lui donner une descendance, j'allais devenir médecin, je me marierai peut-être et elle allait pouvoir se rendre au temple autant de fois qu'elle le voudrait, mon père et elle vivraient une retraite paisible à fleurir les tombes de leurs fils morts et à bercer leurs petits-enfants. Elle eut même envie de champagne, mais pour cela il fallait attendre le retour de mon père retenu sur un chantier. Elle commença à élaborer le grand dîner du soir qu'elle allait nous préparer quand une traction avant s'est arrêtée devant la maison en freinant brusquement. Des hommes armés firent irruption dans le jardin, fracassant la porte d'entrée qui pourtant n'était pas fermée à clé, les vitres volèrent en éclats. Ils me cherchaient. Ma mère se jeta au milieu de ces hommes avec une violence que je ne lui connaissais pas, je crus qu'elle allait devenir folle si on lui enlevait un troisième enfant, convaincue que je risquais ma vie avant même que je comprenne ce qui m'arrivait. Ils n'ont rien voulu entendre et m'ont extirpée de ses bras en me tirant par les cheveux. Ma mère hurlait plus fort que moi parce qu'on lui arrachait son enfant. C'étaient des résistants, c'est ainsi qu'ils se sont présentés, aujourd'hui je sais qu'ils étaient des résistants de la dernière minute qui profitaient du désordre et de la désorganisation de ces premiers jours de libération pour régler leurs comptes personnels. Parmi eux j'en reconnus certains dont j'avais refusé les avances sur le port.

Je me souviens encore des femmes surtout qui m'insultaient sur mon passage et me crachaient au visage ; je me souviens aussi d'un homme qui m'a pissé dessus quand je suis tombée à terre avant d'être tirée par les cheveux et montée sur l'estrade pour être tondue. Incapable de résister, je me laissais faire, peut-être parce que j'avais déjà appris à me tenir à distance de mes sentiments grâce à la médecine, et j'appris très vite à me tenir à distance de la honte et de la douleur. Et je refusais d'offrir à cette foule délirante le cadeau de mes larmes. J'ai encaissé les coups de pied dans le ventre et pas mal de paires de gifles. Je n'ai pas baissé les yeux malgré mes dix-sept ans et je n'ai pas versé une larme. J'aurais dû comprendre que c'était ce qu'ils voulaient et moins je leur donnais ce qu'ils étaient venus chercher sur la place publique, plus ils m'insultaient et cherchaient à me faire souffrir davantage.

Ma robe déchirée, ils ont peint des croix gammées sur mes seins et ont commencé à me tondre. Il m'arrive encore de repasser ma main dans mes cheveux pour être sûre qu'ils ont bien repoussé, comme si dans ma tête j'étais restée tondue à vie. Je me souviens encore des coups de ciseaux qui me blessaient le crâne, puis du bruit de la tondeuse à main ; mes cheveux qui tombaient autour de moi, des touffes épaisses qui glissaient sur mes épaules et sur mes cuisses. L'air était irrespirable et sentait la mort. Tous ces gens voulaient ma mort. On avait beau me traiter de « sale pute à Boches », je ne comprenais pas de quoi on m'accusait, incapable de faire le lien avec Domnick jusqu'à ce que le coiffeur arrête de me tondre et me demande de me lever. J'étais debout, couvertes de bleus, le crâne à demi tondu, le haut de ma robe descendu sur mes hanches pour exhiber les croix gammées peintes sur mes seins. Le coiffeur me demanda de soulever ma robe et d'écarter les jambes. Je me suis exécutée, et je suis restée figée dans cette position d'un french cancan sordide et sans musique, puis il a arraché ma culotte d'un coup et commencé à me tondre les poils pubiens avec sa tondeuse mal affûtée. Ce que j'ai ressenti, tenant ma jupe devant mon visage, les jambes écartées, mon sexe offert à la foule, n'a pas de mot. Mon sexe n'était plus qu'une brûlure une fois la tonte terminée. Un silence m'a redonné espoir. Je me suis dit qu'ils avaient honte de ce qu'on me faisait subir, que ça allait finir et que j'allais pouvoir rentrer chez moi. Puis une femme a crié : « En voilà une jolie chatte de petite fille bien propre maintenant. » Il n'en fallut pas plus pour que les badauds soient rassurés et éclatent de rire à nouveau. Je n'avais plus aucune chance de me sortir de ce bourbier. Puis une autre femme a hurlé : « Bazarde-moi cette salope ! qu'on en finisse ! » Ce n'était pas une femme du peuple, c'était une petite bourgeoise bien mise qui aurait pu être une amie de ma mère, un camé à l'ancienne fermait son corsage impeccablement blanc ; je ne la connaissais pas plus que les autres qui applaudissaient, mais je me suis dit que c'était sûrement une commerçante, peut-être une mercière, et qu'elle semblait ne pas avoir eu son saoul de vengeance. Peut-être qu'elle était la mère d'un jeune résistant qui avait perdu la vie en combattant et qu'elle gueulait comme elle n'avait jamais gueulé de sa vie pour qu'on lui rende la monnaie de l'enfant mort. J'ai reconnu dans son regard les ombres qui avaient balayé le regard de ma mère des mois durant après la mort de ses fils, un regard d'aveugle qui ne verrait que l'au-delà. C'est au coiffeur qu'elle s'adressa quand elle réclama ma mort. La brute avait repris la tonte de mes cheveux restée inachevée le temps qu'il me tonde le pubis, il se tenait derrière moi et je sentais les lames froides des ciseaux taillader au plus près de ma peau, sa grosse main sur ma tête pour m'obliger à courber l'échine. C'était un type que j'avais déjà croisé dans Dunkerque, de réputation louche, un maquereau ou quelque chose dans le genre ; du genre qui peut tuer sans regret. Suffit de lui demander. J'ai senti sa grosse main de toucheur de bœufs se soulever de ma tête et, quelques secondes après, le canon de son revolver tout près de mon oreille. On m'a peint une nouvelle croix gammée sur le crâne avec une peinture noire et liquide qui puait l'essence. Alors la foule s'est mise à crier : « À mort la Dubuisson, à mort cette petite pute qui a bouffé tout son saoul pendant toute la guerre ! Pire qu'une truie ! Et les truies on les saigne et on les bouffe ! » J'étais encore si près de l'enfance. Je fermais les yeux. Je ne priais pas. J'appelais mon père au dedans, je pensais qu'il m'entendrait, j'espérais qu'il vienne me sauver. Mais mon père ne venait pas. J'étais sûre que ma mère l'avait prévenu et je ne comprenais pas son retard pour venir me délivrer. Qui d'autre aurait pu me délivrer que lui ? Malgré le bruit infernal de la foule en liesse je n'entendis qu'un seul bruit, un bruit minuscule, le déclic du cran d'arrêt de la gâchette du pistolet que mon bourreau tenait sur ma nuque. C'était fini. J'entendis : « Si vous voulez qu'elle crève, c'est le moment, dites-le ! Dites, qu'elle crève cette sale pute ! » Je crois que je suis morte à cet instant. Et j'acceptai tout d'un coup que ma vie s'achève sur cette place publique où j'étais passée des centaines de fois sans imaginer que tout finirait ici pour moi. Je me demande encore comment j'ai pu en si peu de temps perdre toute envie de vivre. D'ailleurs je me demande si je l'ai vraiment retrouvée un jour. J'ai senti un liquide chaud couler sur mes cuisses, j'ai mis un certain temps avant de comprendre que je me pissais dessus sans m'en rendre compte. Je me vidais comme les morts se vident. J'ai entendu les rires et les plaisanteries : « Tu fuis salope, mais tu ne fuiras pas en Allemagne. » La populace exultait devant ce théâtre de la honte, presque trop bruyamment pour être sincères, un peu forcés, comme si chacun dans la foule essayait de se convaincre qu'il pouvait supporter l'insupportable. Quelqu'un a même recommandé qu'on me lave avec ma pisse. Un jeune résistant communiste, un vrai combattant, qui avait assisté à toute la scène, finit par s'interposer : « Arrêtez ça ! » Deux minuscules mots insignifiants avaient suffi à ce jeune homme pour imposer le silence. « Arrêtez ça ! Elle a droit à un procès. » Il devait avoir une vingtaine d'années. Dans son regard j'ai bien vu qu'il essayait de me faire gagner du temps, que la scène à laquelle il assistait le répugnait bien plus que la guerre, bien plus que les ennemis qu'il avait combattus. J'eus même l'impression qu'il se demandait s'il avait combattu pour que cette horde sauvage qui avait profité de tout pendant la guerre continue à profiter de tout pendant la Libération. Mon bourreau, devant l'incontestable légitimité de mon sauveur, devant la puissance de la jeunesse, prit un temps qui me parut une éternité, alors que des femmes se remettaient à crier : « À Mort ! À mort ce sac à Boches ! » Je serrais mes jambes pour ne pas montrer que je tremblais à cause de l'urine qui refroidissait sur mes cuisses et de l'effroi que je subissais. Alors, je me suis mise à prier le Dieu de ma mère. Mon bourreau finit par se rallier à la proposition du jeune résistant. S'il consentit à cette parenthèse c'est parce qu'il savait déjà ce qui m'attendait, sinon il ne m'aurait pas lâchée. Pourtant je crus sincèrement que mon calvaire était terminé et que j'allais pouvoir me défendre toute seule devant un tribunal, leur faire entendre raison et leur prouver qu'ils se trompaient. Avant de me désentraver, mon bourreau se pencha vers moi, la tondeuse dans une main et le pistolet dans l'autre, et me murmura à l'oreille avant de faire monter la fille suivante sur l'estrade : « Ne t'inquiète pas, tout ça va finir et bientôt, tu sais quoi ? Tu vas reposer en paix. » Il y a des paroles que l'on n'oublie jamais parce qu'elles ont un accent de vérité qui vous transperce jusqu'aux os. Étrangement, je n'avais que les images du Christ, si chères à ma mère, qui venaient m'assister, moi qui n'allais plus aux offices depuis longtemps. Je ne repensais pas à sa montée au calvaire, ni à sa couronne d'épines, ni aux clous dans ses mains et dans ses pieds, je ne pensais qu'à cette phrase adressée à mon père : « Pourquoi m'as-tu abandonnée ? »

On m'a transportée dans un abattoir de la ville transformé en salle de tribunal. Il aurait fallu être aveugle et sourde pour ne pas comprendre que j'étais déjà morte à leurs yeux quand on m'a présentée devant ce tribunal improvisé, j'étais la bête débusquée et prise en chasse sans aucune chance de m'en sortir. Quelles qu'aient été mes réponses, cela ne faisait aucun doute pour eux, je mentais. C'est exactement ce que j'ai revécu aux assises neuf ans plus tard. Le même système, avec cette vérité que tout le monde réclame et que personne ne veut entendre ! Le procès du peuple comme ils l'appelaient fut vite expédié. En moins d'un quart d'heure, mes juges avaient conclu que j'étais une espionne responsable de la mort de nombreux résistants. Je tentai une défense : si j'avais été une espionne à la solde des Allemands comme ils le prétendaient, c'est avec des officiers français de la Résistance que j'aurais dû coucher pour informer l'ennemi. Une gifle me jeta à terre. J'étais à moitié nue, tuméfiée, tatouée, rasée. Tout ça était à la fois d'une violence inimaginable et dans le même temps pathétique. Toujours au sol, j'osai, dans un soubresaut, les mettre en garde, les menaçant, leur assurant que mon père ne laisserait pas faire ça et qu'ils le paieraient, même si je ne croyais plus un mot de ce que je disais. Mais je réussissais encore à brandir l'image de mon père pour tenter de les effrayer. Je n'obtins que l'effet inverse, l'image de mon père que deux d'entre eux connaissaient les obligea à accélérer la marche du procès.

Deux choix se présentaient à eux : la vie ou la mort. L'un d'entre eux, celui qui se tenait au centre, vota la peine de mort sans hésiter. Les autres le suivirent, levant leur main chacun leur tour. En moins de quelques secondes j'étais foutue, condamnée à mort alors que deux heures auparavant je me réjouissais avec ma mère de pouvoir entrer bientôt en faculté de médecine. C'est une folie. L'effroi que j'ai vécu était pire que la lame glacée d'un couteau que l'on glisserait sous votre peau pour vous la faire sentir avant de vous égorger.

J'étais perdue, ligotée, bâillonnée et sans défense, blessée par les ciseaux, sale, puant l'urine. Seule. Effroyablement seule. Rien à voir avec un cauchemar, la réalité était bien trop à vif, tellement à vif que je peux encore sentir les odeurs de transpiration de ces hommes, et l'odeur du sang des bêtes entre ces murs et dans les rigoles prévues pour évacuer le sang. Je peux encore sentir la haine de ces hommes sur moi, la haine a une odeur de transpiration et de moisissure, je pouvais la sentir sur mon corps dévasté ; je peux encore sentir le goût de mon sang qui coulait à la commissure de mes lèvres, ce sang qui est devenu le goût de la terreur, parce que c'est une terreur que d'être consciente de vivre son dernier jour à seize ans et demi.

Si les choses s'en étaient seulement tenues à cette tonte publique, peut-être que j'aurais pu oublier ce jour où j'ai senti le malheur sur moi, mais j'étais loin d'avoir fini mon calvaire. Après avoir déchiré le peu de vêtements qu'il me restait, ils m'ont jetée dans une chambre froide prévue pour recevoir les carcasses des bêtes mortes, mais qui ne fonctionnait pas. Ils m'ont poussée contre une table en bois qui se trouvait au milieu de la chambre froide et sur laquelle ma tête a cogné, puis ils m'ont enfermée. Je découvris au-dessus de ma tête des crochets de boucher et j'ai pensé qu'ils allaient m'y pendre pour m'égorger. Puis ce fut l'obscurité totale. Il y avait encore des morceaux de barbaque en putréfaction qui faisaient le bonheur des mouches que j'entendais voler. La chaleur était si viciée, si moite, que les odeurs de viande pourrie et de sang étaient encore plus nauséabondes. Mon crâne saignait, les douleurs de mon corps faisaient vaciller mon esprit, la peinture des croix gammées coulait sur mon visage à force de transpirer de peur et j'avais ce goût d'essence dans la bouche alors que je luttais contre les mouches qui commençaient à s'intéresser à mes blessures. J'étais déjà en décomposition, seule, face à ma mort prévue avant la fin de journée.

Je ne sais pas combien de temps j'avais attendu dans l'obscurité totale quand j'ai entendu la porte se déverrouiller et s'ouvrir, la lumière à nouveau est entrée avec trois résistants armés. L'un d'entre eux tenait un chien en laisse, la gueule serrée dans une muselière. J'eus, quelques secondes, l'espoir qu'ils allaient me tuer sur place. Je ne voulais qu'une seule chose, en finir avec toute cette puanteur de la Libération. J'étais loin d'imaginer que me tuer ne leur suffisait pas. Tous ces jeunes hommes armés voulaient leur tribut. Tout en défaisant les boucles de leurs ceinturons, ils ont évoqué leur abstinence dans le maquis où peu de femmes les rejoignaient, parce que les autres « salopes », comme moi, préféraient coucher avec des Boches. Ils voulaient leur part du butin avant que mon corps soit criblé de balles au pied du peloton d'exécution que d'autres étaient en train de planter à grands coups de maillet. Ils ont commencé à me raconter ce qui allait arriver à ma dépouille jetée en place publique, peut-être aux chiens que cette guerre avait affamés eux aussi, qui finiraient par la dévorer. Ce qui les embêtait le plus c'est qu'à ce moment-là je ne sentirais plus rien. Ils m'ont donc laissé choisir, être violée ou dévorée vivante par le chien enragé qu'ils tenaient en laisse. Ils ont parié qu'à coup sûr je choisirai le chien parce que c'était un berger allemand. Ce n'est pas tout de dire qu'on a été violée. Pour la plupart des gens c'est juste un mot qui laisse supposer un acte sexuel non consenti, relativement ordinaire et relativement rapide et sauvage. C'est un crime qui n'a pas le nom d'un crime. Alors je veux ici raconter ce viol dans le détail, l'écrire, le fossiliser sur le papier comme il s'est inscrit dans ma chair. Ces hommes m'ont plaquée sur la table et m'ont écarté les jambes. Longtemps après je me suis demandé ce qui excitait assez ces hommes pour qu'ils réussissent à avoir des érections si puissantes dans une situation et un cadre qui dégoûteraient tout être normalement constitué. Ou alors les hommes pouvaient-ils, tous, à un moment donné ou à un autre, être agités par la pire idée de la sauvagerie et du crime sur les femmes ?

Le premier des trois qui m'a prise était le plus âgé, peut-être la quarantaine, alors que les deux autres, plus jeunes, me maîtrisaient.

Je n'eus pas l'impression qu'il s'enfonçait en moi mais qu'il me poignardait le ventre, répétant sans cesse : « Tu aimes ça salope, dis que tu aimes ça. » Je ne pleurais toujours pas. Le chien grognait. J'étais aussi terrorisée que cette pauvre bête. Je ne pouvais rien dire, juste gesticuler dans tous les sens comme un ver de terre sur cette table, je n'étais plus qu'un morceau de viande dans lequel les mouches tout à l'heure pondéraient leurs œufs. J'étais trop occupée à tenir ma bouche fermée pour qu'ils ne réussissent pas à cracher dedans même si je recevais leurs crachats sur le visage. Alors il m'a giflée plusieurs fois. Ses gifles étaient si fortes que j'ai cru que ma tête allait se décrocher de mon corps. Il finit par jouir en moi, si tant est que l'on puisse parler de jouissance dans le viol ; il éjaculait et ses salves n'en finissaient pas, bien trop longues et bien trop sonores pour être vraies, ces râles le trahissaient parce que je connaissais la jouissance des hommes, étriquée, courte, morbide et lui n'en finissait pas de montrer à ses camarades le prolongement continu de son flot qu'il répandait en moi alors qu'il ne faisait que pisser à l'intérieur de moi tout en s'exclamant : « Regardez les gars, c'est pas une pute, c'est un urinoir ! » Ce fut au tour du plus jeune qui jouait avec mes seins et exhibait à ses copains sa turgescence dont il était si fier. Cela a fini par exciter le troisième qui, aidé de son partenaire, réussit à me faire ouvrir la bouche pour y enfoncer sa queue en même temps que le plus jeune me prenait en riant. J'étouffais sous les assauts de ces deux hommes qui puaient la transpiration, défigurés par leur obscénité. Je vomissais mais rien ne les arrêtait ! La table sur laquelle ils m'avaient renversée me blessait le dos, les échardes sous leurs coups répétés se plantaient dans ma chair. Je n'arrivais même pas à m'évanouir, à leur abandonner ma dépouille dont ils auraient pu disposer à volonté et l'offrir au chien qui n'arrêtait pas d'aboyer. L'un d'eux lui mit un coup de pied dans la gueule pour le faire taire. J'entendis le chien pleurer à ma place.

Ça n'en finissait pas. Ils me maîtrisaient avec une force inimaginable, s'aidant de leurs genoux pour me maintenir à leur merci. Ma colère et mon désespoir me servirent de force et je voulus tout voir, je voulais les regarder dans les yeux, ne jamais les oublier pour les hanter après ma mort jusqu'à la fin des temps. Une fois leurs plaisirs pris, je croyais en avoir fini quand une nouvelle horde de faux résistants est entrée dans la chambre froide, alertée par mes grognements, par mes cris, par leurs rires et par leurs râles de bœufs. Je ne sais pas combien ils ont été à me briser sous leurs saillies. Je ne sais pas non plus combien exactement ils ont été à se relayer et à s'acharner sur mon corps. L'un d'eux a même décrété que je ne méritais pas de jouir et a préféré m'enculer (ce sont ses propres mots). D'autres l'ont suivi épousant son point de vue, ravis de ces sodomies dont ils découvraient le plaisir pendant que le rebord de la table me sciait littéralement le ventre. Je me souviens que j'ai cessé de les compter à partir de dix. Quasi agonisante, j'ai laissé les derniers m'éventrer. L'un d'entre eux a dit avant qu'ils quittent la chambre froide : « Elle est bonne à rien pour les Français, tout juste bonne pour les Boches, maintenant elle peut crever. »

J'ai entendu le silence de la mort. Mes os n'avaient pas résisté à ces assauts et je ne sais pas comment j'ai réussi à me hisser sur la table, recroquevillée sur moi-même, pour ne plus toucher terre. J'ai réalisé que j'étais vivante uniquement parce que je m'entendais encore respirer. Mes yeux étaient gonflés par les coups et par les larmes enfin qui me brûlaient, j'étais au dehors tout inondée de mon sang et au dedans tout inondée de leurs spermes meurtriers. J'entendis la porte s'ouvrir encore une fois. Ma peur, le froid, la pénombre, tout m'empêchait d'identifier le militaire qui venait d'entrer. Je ne voyais que sa silhouette en vareuse dans le contre-jour de la porte grande ouverte. Peut-être le bourreau qui venait me donner le coup de grâce. Il fit un pas vers moi et je me suis mise à pousser un tel hurlement de bête qu'il fut saisi d'effroi, terrorisé à l'idée que je sois capable d'une telle sauvagerie. Les bêtes immondes avaient fait de moi une bête furieuse, prête à tuer si un seul de ces prédateurs approchait encore.

C'était mon père. Il avait mis tout ce temps parce qu'il avait tenu, m'a-t-il dit, d'une voix que je reconnaissais à peine, à se changer parce que ma mère lui avait recommandé de reprendre son costume de colonel de la guerre de 14, convaincue que le grade auquel il avait accédé obligerait ces hommes à plus de respect. Elle avait vu juste une fois de plus : devant eux, paraît-il, il n'a pas hésité, comme ma mère le lui avait conseillé, à évoquer ses deux fils morts pour la France (ils ne seraient pas morts pour rien si ça permettait de sauver leur sœur) et exiger le respect que sa famille méritait. Ses mots, mes frères morts, sa stature d'homme et d'ancien soldat de la Grande Guerre eurent raison de cette folie meurtrière. Qu'en fut-il des autres filles qui n'avaient pas un père comme le mien ? Je n'ose pas y penser.

Il s'est approché doucement comme il l'aurait fait pour rassurer un animal blessé. Doucement, il a jeté sa vareuse de soldat de Verdun sur mes épaules pour me couvrir et cacher ces croix gammées peintes sur tout mon corps, puis il m'a soulevée et portée dans ses bras, nue et en sang dans la vareuse, pour m'emporter loin de ce monde qui manifestement ne voulait plus de moi.

Quand ils sont venus me chercher à la maison le ciel était d'un bleu parfait et sans nuage ; quand je suis sortie de cet enfer, le ciel était toujours du même bleu, quelques heures à peine s'étaient écoulées et suffirent à faire basculer ma vie tout entière. Le ciel, ce jour-là, avait eu peu de compassion pour la jeune fille que j'étais.

Saint-Omer. Mon père voulut m'emmener le plus loin possible de Dunkerque pour éviter toute provocation et attendre que la fureur soit passée ou pour éviter toute honte d'avoir eu une fille tondue. Il m'a ordonné de me laver, il a pansé mes blessures. Je redevenais presque une enfant, dans cette baignoire où je suis restée des heures repliée sur moi-même. Je n'étais rien. Et c'est là qu'il m'a dit cette phrase : « Tu pleures ? C'est bien ! Parce que les morts ne pleurent pas », ajoutant : « Je te demande pardon pour le mal que l'on t'a fait. » Je n'ai pas saisi le sens de cette dernière phrase parce que je me réjouissais d'être sauvée et de passer des semaines, seule avec mon père, dans une maison que des amis nous avaient prêtée tout près d'un grand canal. Le lendemain, il a acheté un foulard. Je l'imaginai dire à la vendeuse : « C'est un cadeau pour ma fille. » Impossible de dire « C'est pour cacher le crâne rasé de ma fille, le temps que ses cheveux repoussent, que ses bleus et ses blessures au dos et au ventre cicatrisent et disparaissent. » Il espérait qu'en faisant disparaître de mon corps les traces de toute cette bestialité, avant de me rendre à la vie normale et même à notre famille, elles finiraient aussi par s'effacer de ma mémoire. Nous avons vécu ces quelques semaines dans un tête-à-tête assez silencieux mais sans une réelle tendresse. Je mettais cette absence de tendresse sur le compte de la pudeur de mon père qui avait toujours eu du mal à montrer ses sentiments. Il passait la plupart du temps à lire et à fumer sa pipe sans jamais me quitter du regard. Mon troisième frère s'occupait de l'entreprise en son absence comme il l'avait fait pendant la période où mon père avait « repris ma vie en main ». Une semaine plus tard, il alla m'acheter à Lille des livres d'anatomie, et je passais mon temps à réviser les noms de chaque organe, de chaque muscle, de chaque os, les noms des artères, des viscères et des épidermes. Je pus voyager dans le corps humain avec une espèce de facilité qui le fascinait quand il me faisait réviser. Je ne me rendais pas compte que, dans le même temps, il m'aidait à réintégrer mon propre corps jour après jour en évacuant toute forme de sentiments ordinairement associés aux organes ou à leurs humeurs, l'amour avec le cœur, la croyance avec le foie, l'inquiétude avec la bile, la peur avec le ventre, rien qu'en les ramenant à leur prodigieuse complexité mécanique.

De temps en temps, il repartait à Dunkerque, uniquement pour la journée. Il y retournait pour ses affaires, pour soulager mon frère qui venait d'être père à son tour, pour rassurer ma mère qui ne manquait pas de lui préparer des paniers pleins de nourriture et de conserves qu'elle avait préparées ; elle savait que ni lui ni moi n'étions doués pour la cuisine. Elle savait que personne ne pouvait intervenir ni déranger cette intimité entre nous, pas plus que briser l'intimité qu'elle créait avec le dernier fils qui lui restait.

J'étais une fois de plus là où je rêvais d'être : seule avec mon père. Je ne pensais pas à ma mère, ni à mon frère, j'étais heureuse de disparaître du monde avec lui.

Personne, durant mon procès, ne savait que j'avais déjà été condamnée à mort, ni victime de cette série de viols. Mes juges ne savaient qu'une seule chose : la femme coupable avait été tondue. Je le voyais dans leurs yeux. J'avais dix-sept ans, et l'on m'avait condamnée à toutes les morts possibles parce que j'avais été la maîtresse d'un médecin allemand pendant un an. Pas d'un général nazi. Un médecin qui avait sauvé aussi des vies françaises. Pour preuve toute cette nourriture qui m'avait permis de sauver ma mère.

C'était ce que mon avocat voulait que je raconte pour obliger mes juges à la compassion. Mais qui m'aurait cru puisque mon père, le seul témoin, n'était plus là pour venir à la barre me protéger ? Et puis je voulais tout oublier de ce dernier jour de guerre. Je croyais que c'était possible.

La question de mon rapport aux hommes fut largement commentée, décortiquée, analysée par mes juges et par la presse à cause d'un petit carnet sur lequel j'avais noté, après guerre, comme des vengeances, mes expériences sexuelles ; certains ont dit « ses performances sexuelles ». J'avais noté mes amants de 0 à 10, notes agrémentées de commentaires lapidaires : 4/10 mauvais coup. 3/10 a besoin de se masturber pour pouvoir me pénétrer. 7/10 assez laid mais fait des efforts à la différence des beaux qui n'en font aucun et des riches qui se croient tout permis. 3/10 la prétention des hommes qui possèdent un gros pénis est proportionnelle à l'énormité de leur bêtise, etc. J'ai vu des femmes sourire dans l'assistance, certaines ont même ri quand maître Floriot crut bon de brandir ce carnet comme preuve incontestable de ma vulgarité et de ma monstruosité. Comment un avocat peut-il prétendre connaître la nature humaine sans savoir que de nombreuses femmes, tous les jours, pensent des choses similaires sur les hommes, certaines dans leurs journaux intimes, ou dans le secret de leurs coiffeuses en se brossant les cheveux, ou entre elles lors de confidences intimes qui les font souvent rire.

Ce petit carnet a fait couler beaucoup d'encre dans la presse. Sur Félix je ne sais plus ce que j'avais écrit après notre première nuit. Quand je l'ai connu il ne savait rien des liens qui se tissent entre l'amour, le désir et le corps, il ne savait pas que le corps était le seul langage possible du désir. En bon catholique, pour lui le corps n'était que souffrance. Il fut le seul à qui je dus tout apprendre, tout montrer, tout dire de ces choses, de la façon dont il fallait s'y prendre avec une femme pour qu'elle puisse prendre du plaisir elle aussi. Cela tournait même au cours d'anatomie et de mécanique du corps. Je peux dire qu'il est né au plaisir avec moi. Ensuite, il est devenu un amant merveilleux et j'eus quelquefois l'impression d'avoir façonné l'homme idéal. J'en éprouvais même secrètement une certaine fierté. Je crois que plus tard cela a joué dans notre rupture : comment un homme pourrait-il passer sa vie avec une femme qui a connu toutes ses maladresses de jeunesse ? Quand j'ai vu sa fiancée, qui accompagnait la famille de Félix au moment de mon procès, j'ai bien compris qu'à son tour il se préparait à tout lui apprendre. Les femmes, elles, sont si reconnaissantes dans ce domaine.

Mon premier journal m'avait été offert par ma mère le jour de mes premières règles, j'avais onze ans. Et j'ai toujours fait le lien entre ce carnet et la sexualité, entre l'écriture et le sang. Ma mère m'a expliqué ces saignements et a donné du sens à ce phénomène nouveau dans mon corps. Elle pensait aussi que l'écriture d'un journal intime m'aiderait à comprendre jour après jour ces changements. Elle m'inscrivait dans une longue tradition qui avait de tout temps autorisé les jeunes filles à écrire leurs états d'âme dans leurs journaux, sans que cela dérange ni l'ordre familial ni l'ordre social. On se réjouissait de savoir que ces jeunes filles verrouillaient leurs secrets dans un carnet. Ma mère m'avoua avoir tenu un journal intime à l'époque de sa rencontre avec mon père. Son journal fut donc aussi un journal de guerre et je n'ose imaginer ce qu'elle avait pu lui confier parce qu'un journal est bien plus qu'un simple carnet, il a la place d'un confident ou d'un confesseur, il est l'équivalent de l'ami imaginaire des enfants solitaires, le dépositaire de nos faiblesses, de nos fantasmes et de toutes nos pulsions inavouables. Après m'avoir assuré que je n'allais pas mourir en me vidant de mon sang, ma mère m'expliqua qu'il s'agissait d'une sorte de signe, de preuve que je pouvais devenir mère désormais. Le mot « enceinte » fut prononcé pour la première fois devant moi, après celui de « mère ».

Le comportement de mon père changea radicalement à partir de ce moment, et les jours de chasse devinrent plus nombreux, plus violents, plus terrifiants. Jusqu'au jour où je tenais en joue un jeune chevreuil et que ma main s'est mise à trembler ; il m'arracha le fusil des mains : « Tu es bien une femme, tu n'es même pas capable de tirer. » Il ne me demanda plus jamais de l'accompagner. Si à cause de mes premières règles mon père a commencé à se tenir à l'écart de moi comme si j'étais devenue impure, elles me valurent aussi ma première gifle de la part de ma mère à la suite d'une question que je lui posai quelques semaines plus tard : « Marie, la mère de Jésus, saignait-elle entre les jambes elle aussi ? » La gifle est tombée. Puis ma mère répondit : « Pas pour Jésus malheureuse ! Pour les autres sûrement, sinon je ne vois pas comment elle aurait pu les avoir. » Ce qui m'a permis d'apprendre que si les protestants croient à l'immaculée conception, ils ne croient pas que Marie soit restée vierge toute sa vie. La religion était pour ma mère un ravissement qui l'extrayait de son quotidien et lui permettait, quand l'Histoire sainte la redéposait dans sa cuisine, de donner du sens à sa vie ordinaire.

Aujourd'hui je me dis, en repensant à ce journal intime, que c'était surtout écrire qui m'intéressait. Écrire m'obligeait à me dire la vérité. Écrire m'oblige toujours à me dire la vérité. Et je ne la trouve que dans les obscurités de ma vie. Tu vois, Jean, comme les choses sont paradoxales. Je rêve de lumière avec toi, de grand jour, mais j'écris toujours dans le noir.

Octobre 1945. Je quittai Dunkerque et ma famille pour Lille, où personne ne me connaissait et où je ne connaissais que les fantômes d'une autre guerre. Aucun sentiment de liberté pour autant, parce qu'on ne peut pas être libre quand on est tout entière enfermée dans le secret et dans la honte. Mes études de médecine étaient devenues une obsession. Seule ma réussite m'apparut comme preuve incontestable de ma rédemption. En deuxième année, quand j'ai rencontré Félix, mes cheveux avaient eu le temps de repousser, même si je ne les ai plus jamais portés aussi longs. Ce fut un coup de foudre pour Félix et un miracle pour moi. Au premier regard j'ai su que je l'épouserais. Alors quand il m'a demandée en mariage (de la même façon que toi, Jean, aujourd'hui) j'ai su que je ne pouvais pas épouser cet homme en lui cachant la partie la plus secrète de ma vie. Et j'ai d'abord refusé plusieurs fois. Mais l'amour pour

Félix fut plus fort que la peur, le mensonge et le silence, et je finis par accepter et lui avouer la vérité sur ce jour d'épouvante où j'avais été tondue en place publique. J'étais sûre que cet aveu serait aussi une preuve d'amour supplémentaire de ma part et qu'il en serait ému. Félix a d'abord très bien réagi. Puis il a disparu. Quelques jours plus tard, il est revenu me voir pour me dire qu'il avait beaucoup réfléchi et qu'il ne pouvait pas envisager de faire entrer une fille qui avait été tondue dans sa famille. Ce fut comme s'il avait repeint sur ma peau ces croix gammées et qu'il m'avait tondue à nouveau, mais mon orgueil prit le dessus. Je n'ai pas versé une larme et me suis convaincue qu'il ne me méritait pas. De retour dans ma chambre d'étudiante, j'étais sans vie. Je restai des semaines enfermée, comme j'étais restée enfermée des semaines avec mon père à Saint-Omer après qu'il m'a sauvée des mains de mes bourreaux, incapable de sortir de peur d'être vue telle que j'étais et que la foule réclame à nouveau ma peau.

Le temps passa, je me concentrai sur mes études, pensant que le temps ferait son travail d'ensevelissement. Ce fut l'inverse. Mon amour pour Félix ne faiblissait pas. Au contraire, je pensais qu'il allait se ressaisir, qu'on ne pouvait pas désaimer aussi rapidement, qu'il m'aimait encore au fond de lui, qu'il souffrait autant que moi et qu'il sacrifiait cet amour pour de mauvaises raisons. Après tout il n'avait pas dit : « Je ne peux pas le supporter », il avait dit « Ma famille ne le supporterait pas ». Je connaissais son intelligence ; je connaissais sa sensibilité et je n'avais rien à craindre. J'étais prête à attendre aussi longtemps qu'il le faudrait. Je m'étais convaincue que Félix ne pouvait pas vivre sans moi, pas plus que je ne pouvais vivre sans lui. Je le croyais sincèrement. Ou alors, il fallait laisser le temps faire son travail de séparation, et j'ai enduré ce deuil, comme ma mère avait enduré le deuil de ses enfants. Mais le temps n'a pas fait son travail, ni dans un sens ni dans l'autre. Rien ne s'est estompé, ni mon amour ni mon désir, et le manque creusa en moi un vide d'une profondeur dans laquelle je m'enfonçai chaque jour davantage. Un enlisement. Vivre sans Félix, qui était le seul homme sur terre, en dehors de mon père, à tout connaître de moi, le seul homme que j'avais aimé jusque-là dans ma vie, n'avait plus aucun sens. J'ai donc décidé d'en finir, de quitter ce monde où j'étais interdite d'amour. Il ne me restait plus qu'à terminer le travail des épurateurs, me donner moi-même le coup de grâce. J'ai donc acheté un revolver. Je me disais que c'était ce que Félix voulait puisque lui aussi me condamnait en me chassant de sa vie. J'ai repoussé ce projet pendant des mois parce que je me rendais compte que ce n'était pas l'absence qui creusait ce vide en moi, c'était mon amour qui n'en finissait pas de grandir à force de l'attendre et de souffrir. Je voulus faire confiance à cet amour qui m'occupait tout entière et qui seul pourrait m'aider à reconquérir Félix. J'étais convaincue que nous allions réussir ensemble à dépasser cet obstacle. Qui à part lui pouvait effacer ces croix gammées qui venaient de réapparaître sur ma peau ?

Je décidai de retrouver Félix. Il s'était inscrit en faculté de médecine à Paris pour m'éviter à Lille. J'étais folle d'amour. Je pris avec moi le revolver, prête à me tuer devant lui s'il me rejetait. Mais, dès que Félix a ouvert la porte de sa chambre de bonne, j'ai su que j'avais eu raison de croire en notre amour. Il m'attendait alors que je ne l'avais pas prévenu de mon arrivée. C'est ce qu'il a dit : « Je t'attendais. » Il glissa immédiatement sa main sous ma jupe. Il ne m'avait pas habituée à ce genre de gestes un peu vulgaire et sans préliminaires, mais c'était la première fois que je le revoyais depuis plus d'un an, j'étais prête à tout lui pardonner et à tout lui donner. Il eut, cette nuit-là, le même regard que celui qu'il posait sur moi quand il ne connaissait pas mon histoire. Nous avons refait l'amour avec une ferveur passionnée comme nous l'avions toujours fait, toujours dans l'étonnement de nos jouissances.

Le lendemain matin j'ai compris qu'il avait juste voulu passer un bon moment, comme il savait, me dit-il, qu'il pouvait en passer avec moi : « Je sais de quoi tu es capable avec les hommes et tu es si experte » J'avais confusément senti la veille qu'il manquait peut-être de sincérité mais je voulais tellement partager cette nuit-là avec lui que j'ai quand même aimé la vivre. Le pressentiment contre lequel j'avais lutté toute la nuit s'avéra juste. Il me remercia et me pria de ne plus revenir. Il m'avoua qu'il était fiancé à une jeune fille très bien, très jolie et sans tache, précisa-t-il, une fille que ses parents appréciaient particulièrement, une fille de son milieu avec un atout majeur : elle était catholique et vierge. Il me fit cette révélation avec une désinvolture que je ne lui connaissais pas, son sadisme de mâle prenait le dessus. C'était sûrement la première fois de sa vie qu'il en abusait. J'avais toujours le revolver dans ma poche. Mais je suis repartie. Je ne me souviens que d'une chose : avoir marché dans Paris toute la journée. Somnambule ou fantôme. Errante, de toute façon.

Avant que je retourne dans sa chambre, le monde avait déjà disparu. Cette obsession d'en finir créa un trouble qui brouilla ma vision des choses et plongea le monde dans une espèce de brouillard pour ne laisser que cette magnifique idée de la fin m'envahir ; plus rien n'existait. J'avais vingt et un an et, aussi romanesque que cela puisse paraître, attendre Félix une éternité me paraissait plus supportable que d'y renoncer et de rester en vie.

Le désir d'être avec l'autre est si puissant qu'il n'y a plus de lois, plus de justice immanente, plus d'hommes, plus de femmes, les rues sont vidées du sang de la vie, la ville elle-même où se réduit le monde ordinairement n'existe plus, effacée elle aussi. La souffrance semblait même avoir vidé tout ce qui m'entourait de sa substance vivante ; j'étais coupée, vide de ma propre histoire, vide de ma famille, vide de mon passé, vide de mon enfance, il ne restait au fond qu'un chemin, un seul, mais splendide. Si je devais donner une image à cette dévastation de la conscience, ce serait au contraire l'image sublimée du bonheur, fascinée par l'idée de la fin qui s'approche. Je ne me souviens que du bruit de mes talons aiguilles qui obligeait le temps à s'accorder à mon destin. Tac-tac-tac-tac-tac-tac… Je me revois marcher, déjà sortie de moi, déjà morte. Je suis éblouie comme est éblouissant en plein été sur la plage de Dunkerque le sable qui n'a pas l'habitude d'être ensoleillé. Je ne marche plus, je n'entends plus le bruit de mes talons, j'avance jusqu'à la chambre de Félix. Je n'ai plus peur. L'idée de l'accomplissement devient une merveille. La chambre est au bout de ce chemin lumineux, je frappe, il ouvre, ce n'était pas moi qu'il attendait, j'entre dans la chambre sans rien forcer, et l'éblouissement se transforme en une sorte d'obscurité opaque.

Je voulais mettre Félix à l'épreuve. Je voulais lui prouver qu'il m'aimait encore. Je l'espérais comme j'espérais qu'il se jette sur moi pour me désarmer et m'empêcher de me tuer. C'était une folie, je le sais aujourd'hui, mais la vie m'avait ces dernières années suffisamment maltraitée. Je voulais lui dire une dernière fois mon amour par un geste magnifique et non plus avec toute la pauvreté du langage. Je me souviens encore du mépris que j'ai lu dans son regard et dans son sourire. Alors j'ai sorti le revolver de la poche de mon imper.

C'est à partir de ce moment-là que j'ai menti à mon procès. Pas sur mes intentions mais sur le déroulement des faits. Félix a commencé par me défier, convaincu que je ne serais jamais capable d'un tel geste.

— Mais une fille comme toi ça ne se tue pas ! Ça ne sait faire que du chantage ; la preuve, regarde-toi, tu es vraiment pathétique.

— Ça veut dire quoi, une fille « comme moi » ?

— Ça veut dire une salope, une fille pour les Boches si tu préfères ! Ça au moins tu comprends !

Il disait ces choses avec un calme et une assurance que je ne lui connaissais pas.

— J'ai eu une relation avec un officier allemand, c'est vrai. Mais un seul.

— Menteuse ! Tu mens si bien qu'on pourrait te croire.

— Alors crois-moi parce que c'est la vérité. C'est de toi que je suis folle amoureuse ; je n'ai jamais été amoureuse de lui ; c'est une histoire plus compliquée que les apparences, je te le jure.

Un instant j'ai cru l'avoir convaincu, son regard s'est adouci, je m'en souviens très bien mais ce n'était que pour prendre une sorte d'élan et me surprendre :

— Je me suis renseigné sur toi Pauline ; et j'en ai appris de belles à Dunkerque.

— Et qu'est-ce que tu as bien pu apprendre qui te rend si méprisant ?

— La vérité.

— Mais la vérité je te l'ai dite.

— Tu es très maline Pauline ; j'étais même prêt à te pardonner ; je t'assure. Mais quand j'ai compris qui tu étais vraiment ; non, quand j'ai appris qui tu es, parce que tu ne changeras jamais, tu es née comme ça, ma décision a été irrévocable ; alors maintenant range ce revolver, cesse d'être aussi théâtrale ; nous ne sommes pas au théâtre, nous sommes dans la vraie vie.

Je voulais savoir ce qu'il avait bien pu apprendre de moi, j'insistai, parce qu'au fond je ne savais plus très bien qui j'étais. Tout dans un moment aussi intense, où le temps de votre vie semble se contracter dans l'espace d'une chambre d'étudiant, me plongeait dans un état de confusion encore plus grand.

— Dis-moi qui je suis.

La réponse est tombée sans une hésitation :

— Une pute.

Ça recommençait. Il insistait :

— Reconnais que tu as toujours aimé ça ; ce qui explique d'ailleurs à quel point tu es douée dans ce domaine et je reconnais que tu m'as beaucoup appris ; j'étais assez novice quand je t'ai connue... et c'est pour ça que tu es revenue hier soir, n'est-ce pas ? Pour que je te baise... comme une pute... et c'est ce que j'ai fait, je t'ai baisée comme une pute.

Il a continué les insultes : on lui avait raconté qu'à l'époque où je travaillais dans cet hôpital allemand, je ne me contentais pas d'être la jeune maîtresse du médecin-chef nazi, mais que tous les soirs je calmais les patients en les masturbant ou en les chevauchant pour les apaiser. Il s'est contenté du qu'en-dira-t-on, des commérages, des jalousies, et il a déversé sur moi des tombereaux d'insanités plus dégueulasses les unes que les autres, les mêmes que ceux des résistants. Il a répété dix fois peut-être que j'étais bonne pour me faire baiser par les Boches. J'avais beau lui dire d'arrêter il continuait.

— Tu es juste bonne à te faire baiser par les Boches.

Je le suppliai d'arrêter.

— C'est fou comme tu as peur de la vérité. Tu dois te faire une raison Pauline, tu es une vraie pute mais Dieu te pardonnera, et il sera bien le seul, puisque tu as tellement aimé.

Puis le silence est revenu, un silence incompréhensible. Il commença à ranger des papiers sur sa table, il était de dos, incapable de m'affronter encore pour me dire la pire chose que je pouvais entendre. Comme sa voix était faible, je lui ai demandé de répéter parce que je n'avais pas entendu ce qu'il venait de dire. Et il a répété sans se retourner :

— Je ne regrette qu'une seule chose, c'est que tu n'aies pas été liquidée à la Libération.

J'ai tiré pour ne plus entendre ça. Ce n'était pas ce que je voulais. Le temps s'était aboli, comme il s'était aboli devant mes bourreaux. Mais là j'avais un revolver entre les mains pour me défendre. J'ai vidé le chargeur sans penser que je pouvais le tuer, je ne le visais pas, je tirais pour que le bruit des balles le fasse taire, qu'il soit plus puissant que ma colère et mon humiliation.

Quand j'ai compris ce que j'avais fait, je suis allée ouvrir le gaz dans la cuisine et finir ce pourquoi j'étais venue. Je n'ai même pas cherché à le sauver, j'ai cru qu'il était mort sur le coup. Il faut me croire, Jean, je voulais juste qu'il se taise, qu'ils se taisent tous. C'étaient les mots que je voulais tuer, les mots qui salissent et qui blessent.

« Je requiers la peine de mort pour Pauline Dubuisson. »

Ce fut la seule phrase qui me fit respirer à nouveau. Je désirais ardemment cette mort. J'avais tout fait pour l'obtenir et pourtant, le soir même, une fois retournée dans ma cellule, me dire que j'allais mourir bientôt, même si j'avais connu cela une première fois avec mes épurateurs, m'apparut d'une difficulté insurmontable. Les nuits sont longues en prison et les nuits de mon procès furent pires encore, surtout les nuits entre le réquisitoire de l'avocat général et le verdict final. Je ne pouvais m'empêcher de penser que si la guillotine était bien une invention moderne du châtiment, comme me l'avait appris mon père, pour rendre le châtiment plus propre (il est censé éviter la souffrance), les principes de l'anatomie contredisaient le mythe révolutionnaire. Je savais qu'il était impossible de mourir sur-le-champ, il y avait forcément quelques secondes, la tête détachée du corps, pendant lesquelles le cerveau encore irrigué et la rétine fonctionnent encore. Quelques secondes, ma tête séparée de mon corps, mon nez sentirait, mes oreilles entendraient, mes yeux verraient mes juges témoigner tout près de la famille de Félix qui aurait été invitée. Ces quelques secondes de conscience, une éternité. Mon cerveau ne serait plus qu'une sorte d'appareil photographique qui imprimerait à tout jamais la dernière image de ma vie sur ma rétine. On appelle ce principe l'optogramme. C'était donc ça, la punition du condamné à mort : l'image finale et éternelle. Cette idée m'obsédait, je ne pensais plus qu'au déclic de l'appareil intérieur, à la photographie saturée de lumière, puis au silence quand mes oreilles cesseraient d'entendre. Et de toute évidence ce serait la mère et le père, la sœur et la nouvelle fiancée de Félix que je verrais jouir de ma mort. Impossible d'infliger à ma mère le supplice de voir cette fois-ci son enfant tuée sous ses yeux. Mais moi je n'avais joui de la mort de personne.

C'est la seule raison qui m'a fait accepter la perpétuité et même être soulagée d'avoir échappé à cette mort que j'avais pourtant appelée, désirée, presque orchestrée en mentant sur la préméditation. J'avais passé des jours à me convaincre de cette fin sans avoir imaginé le tourment dans lequel cette idée allait me jeter. Si j'ai échappé à la mort c'est uniquement grâce à la seule femme du jury. Je la revois encore. « Je suis couturière », avait-elle dit fièrement quand elle avait décliné son état civil. Elle fut la seule femme que mon avocat n'avait pas récusée. Il m'avait dit : « Cette femme inspire confiance. Il y a de la bonté dans son regard ». Et j'ai bien pris soin pendant tout le procès de ne jamais le croiser de peur qu'elle me prenne en pitié ou en haine. Au contraire je me fermais, je devenais hautaine, je faisais des réponses courtes, lapidaires et refusais de laisser s'installer le moindre débat. Elle écoutait avec l'attention d'une bonne écolière et j'ai senti pendant quinze jours son regard sur moi. J'imagine comment cette femme modeste a dû prendre au sérieux sa tâche et se battre pour m'éviter d'avoir la tête tranchée, obligeant les hommes du jury à se plier à sa logique de couturière, étalant les faits devant eux de la même façon qu'elle aurait étalé un tissu sur la table, le mettant bien à plat, évacuant les vagues et les faux plis, avant de dessiner les contours du patron à la craie grasse, coupant, assemblant, épinglant, faufilant les morceaux épars de l'histoire jusqu'à lui redonner une forme acceptable. Elle n'a rien dû abandonner à ces hommes, appliquant ainsi à la justice ses connaissances de ravaudeuse.

Si cette femme m'a laissé la vie sauve, c'est parce qu'elle ne supportait pas que ma vie s'arrête ici. Elle avait sûrement imaginé un avenir possible pour la jeune femme que j'étais. Et mon avenir aujourd'hui c'est toi, Jean.

Une dernière chose. Tous les criminels regrettent leurs crimes sans jamais réussir ni à se pardonner ni à se condamner vraiment. Ce n'est pas que je ne le voulais pas, je ne le pouvais pas. C'est une chose impossible. Le pardon comme la condamnation ne peuvent venir que des autres. Le temps de la prison m'a exclue de ma propre histoire parce que chaque jour fut fait pour me rappeler mon crime.

Il y a le mal que j'ai fait et il y a le mal que j'ai subi ; il y a la douleur que j'ai provoquée et il y a la douleur que j'ai pu ressentir et que je ressens encore. Ni proportion ni mesure dans le domaine du mal, pas plus que dans le domaine de la douleur. Pour la plupart des gens tuer reste une abstraction, personne ne peut ressentir l'effroi que ça représente de l'avoir fait. Et je ne sais pas si en me lisant tu pourras le ressentir, je l'espère.

Que dire de plus ? Qu'ici, à Essaouira, l'inimaginable s'est quand même produit, en peu de temps. Pour la première fois j'ai senti à nouveau tous mes muscles de la tête aux pieds se ressaisir, mon corps se tendre de plaisir, mes pieds me tenir debout, je pouvais à nouveau désirer, à nouveau vouloir. Je te désire et je te veux. À la fureur de ma vie passée je peux enfin opposer d'autres fureurs splendides. Je me souviens de mon arrivée. J'étais en nage. Cela faisait longtemps que mon corps n'avait pas sué sous ma robe que j'avais heureusement prévue légère ; puis par petites vagues, les odeurs de la ville, soulevées par ce vent salé à force de remuer l'Atlantique, ont fini de m'étourdir. On ne pense jamais à l'Atlantique quand on pense au Maghreb, on pense toujours à la Méditerranée, que je n'avais pas aimée en arrivant à Toulon. J'y avais retrouvé Véronique avant de rejoindre Sète, d'où je devais embarquer pour Tanger. J'aurais fait demi-tour si je n'avais pas rencontré cette barmaid dans un bar près du port, il s'appelait le Youyou Bar, ce nom m'avait fait sourire. C'était une grande femme solaire, rousse aux yeux bleus, une Auvergnate qui était venue se perdre dans le quartier de Chicago et dans les nuits de cette ville de marins. Elle m'a dit : « Une femme ne vient pas ici sans une bonne raison. » Puis elle a pris un long temps de silence en tirant sur sa Gitane sans filtre qu'elle tenait entre ses doigts longs aux ongles parfaitement peints, avant d'ajouter : « De toute façon, nous les femmes si on veut s'en sortir faut pas rester sur place, faut se tirer et le plus loin possible. » Elle m'a offert un café et une cigarette que j'acceptai même si je ne fumais que des blondes. Elle voulait m'aider parce qu'elle avait senti mon angoisse qui, à ce moment-là, venait de la Méditerranée. La mer m'était apparue fermée sur son antiquité sans plus offrir aucune perspective, alors que l'Océan (que j'allais rejoindre une fois arrivée au Maroc) représentait une ouverture sur les nouveaux mondes où toutes les conquêtes étaient envisageables. J'ai su que là-bas je pourrais à nouveau vivre et rêver sans plus rien espérer, juste réussir à maintenir le rêve à ce qu'il est, un désir qui ne déborde surtout pas la réalité et nous lave de tout, qui nous émerveille. Je ne pourrai jamais renoncer à ce pays.

Troisième cahier

C'est fini. Demain je pourrai donner à Jean toutes ces pages à lire, ce sera plus facile que de lui parler. J'ai découvert que le travail de l'écriture me faisait ressembler à ma mère quand elle reprisait ses bas ; ça lui demandait le même état de concentration et de précision. Pendant des années je l'ai trouvée pathétique à cause de l'obstination maladive qu'elle mettait à faire ce travail qui aurait pu la rendre aveugle alors qu'elle avait les moyens de s'acheter autant de paires de bas qu'elle le voulait. Je ne comprenais pas ce que c'était que repriser et je me demande aujourd'hui quels trous ma mère, de sa vie ou de notre famille, reprisait déjà, bien avant que j'y apporte le scandale et le malheur.

Jean vient de me téléphoner. Il a dit : « Et si on allait demain jusqu'au désert ? » C'est l'endroit idéal pour lui faire lire mon cahier. J'ai dit oui. J'ai bien senti qu'il espérait que je l'invite à passer chez moi, mais je lui ai juste dit que j'avais envie d'être seule ce soir. Je veux relire tout ce que j'ai écrit, vérifier la syntaxe et l'orthographe, m'assurer que je n'ai rien oublié d'important. Il n'a pas insisté. Il me reste une nuit avant de redevenir Pauline, une nuit à m'appeler encore Andrée, être quelques heures celle qu'il connaît : une jeune femme médecin qui sauve des vies, qui aime lire et passer de longues heures avec lui sans qu'il soit nécessaire de se dire grand-chose. Jean est un homme fait pour aimer. C'est plus fort que moi mais ce soir, ce mot de « perpétuité » qui m'avait détruite ne me paraît plus si terrible. J'aimerais tellement aujourd'hui que quelqu'un me dise que je prends perpétuité avec Jean. C'est quand même le seul mot qui désigne l'éternité sur terre.

23 heures 55. Impossible de trouver le sommeil. Je suis comme Édith Piaf quand elle chante *Mon Dieu* et qu'elle réclame qu'Il lui laisse encore le temps de le vivre « un jour, deux jours, trois jours, laissez-le-moi encore un peu à moi... » Moi aussi je supplie la nuit de durer, pour profiter encore de ce temps innocent avec Jean, avant de redevenir Pauline et d'abandonner Andrée dans un coin comme une vieille robe froissée, une de ces robes dont on sait qu'on ne la remettra plus jamais.

1 heure du matin. Je n'arrête pas de relire ce que j'ai écrit. Après chaque relecture tout s'efface. C'est en prison que l'on apprend, pour ne pas souffrir, à tout effacer chaque jour de notre mémoire, de la même façon que les prisons elles-mêmes sont effacées du monde qui les entoure. Personne ne voit les prisons dans les villes, je ne les voyais pas quand j'étais libre, je savais que ça existait. Le monde carcéral est le seul, parmi toutes les autres administrations, qui appartient davantage au fantasme qu'à la réalité. On n'imagine pas la difficulté que cela représente que de devoir vivre à l'intérieur d'un lieu qui n'existe pour personne. Quelle importance ces histoires d'effacement ! Je me raccroche à tout pour déjouer ma peur de l'affronter demain.

3 h 20 du matin. Je pense à ce western que j'ai vu il n'y a pas longtemps avec Jean qui, comme mes frères, est un passionné de westerns. *L'Homme des vallées perdues*. C'est l'histoire d'un homme solitaire, un cow-boy blond aux yeux bleus (c'est Alan Ladd qui l'interprète). L'homme arrive à cheval dans une vallée paumée au milieu de nulle part. C'est là qu'il fait la rencontre de fermiers courageux. Pour eux, il est comme un ange venu du ciel. Il faut dire qu'il est blond aux yeux bleus et que les franges de sa tunique

à la David Crockett font de ses bras des ailes ! Il séduit tout le monde, le mari par sa force, l'épouse par son charme et le petit garçon pour son revolver ; on ne sait pas d'où il vient, ni où il va. Mais il reste. C'est un temps où il redécouvre le paradis des hommes, celui après l'Éden où il faut se battre avec chaque parcelle de terre pour la cultiver. Il s'installe dans cette famille et met son temps à profit pour aider ses gens et les débarrasser d'un fléau qui pourrait mettre en péril ce paradis du travail et de l'honnêteté. Il élimine le danger en tuant des hommes dangereux. On découvre alors que tuer est son métier, il est un tueur à gages. Mais tuer encore une fois dans sa vie le détruit. Alors il s'en va. À la fin, quand le petit garçon de la ferme cherche à le convaincre de rester avec eux, Shane (le tueur à gages) lui dit : « Quand on a tué on est interdit de retourner dans la vraie vie. On n'y a plus sa place. Mon erreur est d'avoir cru que c'était possible. » Il dit quelque chose comme ça, oui. Et le film se termine sur l'image du cow-boy solitaire s'éloignant en contre-jour sur son cheval dans le désert du Grand Canyon. L'ange n'est plus qu'un fantôme.

Il faudrait que je rappelle ce film à Jean avant qu'il se mette à lire mon cahier. Il faudrait aussi que je lui dise qu'Essaouira est mon jardin d'enfance retrouvé. C'est là que j'ai pu me remettre à rêver, et toi mon amour tu es entré dans ce jardin. Nous devons tout au hasard. Et à la première seconde où je t'ai vu, j'ai compris que j'avais le droit d'aimer à nouveau dans cette vie nouvelle qui commençait. Alors si tu veux toujours m'épouser, je veux bien devenir ta femme, je veux bien ne plus jamais m'appeler Dubuisson, je veux bien quitter le nom de mon père, je veux bien porter ton nom.

Non. Il ne faut surtout pas que je lui demande s'il est toujours prêt à m'épouser, cela supposerait que j'accepte l'idée qu'il pourrait changer d'avis. Si je n'avais rien dit à Félix, rien de grave ne serait arrivé. Pourquoi ces hommes à la Libération sont-ils venus me chercher ? Ils seraient sûrement ravis de savoir qu'au fond ils ont réussi leur coup : que j'ai bien été condamnée à mort, à une mort lente où chaque jour est une marche supplémentaire à gravir, que je me fais de plus en plus lourde avec le temps, que l'escalier qu'il faut monter est vermoulu et qu'à chaque pas tout peut s'effondrer et m'écraser sous les décombres. Heureusement que j'ai cette ville, ces femmes qui parlent l'arabe dans la rue et cette maison de plain-pied où je peux m'oublier. Cette maison blanche avec ses carreaux de terre cuite est la seule maison que je n'aie jamais eue. On s'approprie les maisons de l'enfance qui ne nous appartiennent pas, qu'il faudra même, en cas d'héritage, partager, couper en deux ou trois, voire racheter par autant de morceaux ou de parts. Ici est la seule maison que j'ai investie tout entière. Jamais je ne me suis sentie aussi bien qu'entre ces murs qui n'ont pas d'autre fonction que de ramasser la fraîcheur. J'ai mis peu de choses dans cette maison marocaine en dehors des quelques meubles que j'ai trouvés à mon arrivée, des photographies de paysage et la sourate calligraphiée de Rachida : *Sous les pieds des mères se trouve le Paradis*, un électrophone et quelques disques classiques dont la plupart appartiennent à Véronique, qui s'est mise à préférer la musique à la peinture. Depuis quelque temps j'écoute le *Requiem* de Mozart. Cette messe chantée pour le repos des morts me calme, je peux tout à mon aise penser à mes frères, les bercer dans la musique. En écoutant Mozart je ne peux m'empêcher de me dire que les hommes ont toujours fait des choses magnifiques pour les morts bien plus que pour les vivants. J'aime ces voix des chœurs qui montent jusqu'au ciel et font entendre l'infini. Des voix d'étendards. J'aime les chœurs davantage que les parties chantées par des solistes qui me ramènent sur terre et à une sorte de misère humaine, incapable d'atteindre les sommets que le chœur atteint.

Pour les livres, j'ai surtout ceux que Suzanne, la libraire de Dunkerque, m'envoie ou qu'elle donne à ma mère quand elle me rend visite chaque année. Elle sait que je ne veux plus remettre les pieds en France. En arrivant ici, je n'avais que *Lettera amorosa* de René Char ouvert sur une des illustrations de Braque et mon exemplaire de *Crime et Châtiment* dans ma valise, le livre qui m'a empêchée de devenir folle pendant toutes ces années d'incarcération. Parfois, quand je suis seule chez moi, mon regard tombe sur ce livre que je n'ai pas relu depuis. Je pense souvent aux chameaux et aux bédouins. Lorsque j'en ai parlé à Véronique, elle ne voyait pas ce que je voulais dire : des chameaux et des bédouins dans un roman russe ? Je suis allée chercher le livre et je lui ai relu les deux passages. Qui se souvient des chameaux et des bédouins de Raskolnikov ? Qui a prêté la moindre attention à ce rêve d'enfance et à ce mirage de prisonnier ? Pourtant, tout ce roman tient entre ce rêve et ce mirage, deux parenthèses qui soutiennent ce roman majeur. Je ne peux m'empêcher de me dire que ma vie, comme celle de Raskolnikov, se tient entre un rêve et un désert d'Orient. Est-ce que tous les prisonniers rêvent en silence du désert et d'une autre langue, presque originelle, puisque tout vient de là, tout vient du Moyen-Orient ?

J'y suis presque arrivée. Le désert est tout près. Tous les déserts sont bibliques.

« Le désert c'est un truc incroyable pour moi, m'a dit Véronique, c'est comme si les Romains de l'Antiquité étaient venus ici au Maghreb, et en Palestine surtout, pour y enfouir la culture grecque, bien plus que pour coloniser cette terre promise. Moi, je pense qu'ils ont étouffé cette culture dans le sable avec l'espoir qu'un jour surgirait de ce même sable le souffle d'un monde nouveau. Et ce fut le christianisme. Tu imagines ça, ma Pauline. C'est vrai quand on y pense, même l'Amérique si chrétienne, même New York, doit tout au désert palestinien ! »

Elle revenait de Gaza sous le charme de ses habitants. Elle voulait aussi que je voie Pétra. Elle disait des choses que personne n'osait dire ; puis elle disparaissait sans laisser d'adresse et me laissait avec ses mots qui résonnent encore en moi.

Il faudrait, pour toutes choses, revenir au début de tout, au début de soi. Ne pas être née. Le roman de Dostoïevski, que j'avais rebaptisé *Les Chameaux de Raskolnikov*, est devenu au fil des années une sorte de béquille, même si je sais que je ne le relirai pas parce que d'autres images que celles du roman se sont glissées entre les mots ; les images de ma peur de finir en prison dans l'indifférence et l'oubli qui se sont entortillées aux phrases du romancier. Jamais je ne pourrai me passer de la présence de ce roman. N'importe qui peut venir chez moi, et je peux, quand remonte en moi du fond de la prison cette angoisse que j'ai du mal à prévenir, poser mon regard sur ce livre sans me trahir. D'ailleurs jamais personne ne demande pourquoi on a un roman de Dostoïevski chez soi. Si, une fois, Jean s'en est étonné et il a dit : « Tu as lu ça ? (sans attendre ma réponse) moi je n'arrive pas à lire les Russes, ils sont trop tordus, trop tragiques, et avec leurs noms à rallonge je n'arrive plus à savoir qui est qui. »

J'ai souri à ce moment-là même s'il ne pouvait pas interpréter ce sourire. Je me disais simplement qu'il était loin d'imaginer qui était réellement cette Andrée Dubuisson dont il avait pourtant retenu le nom dès la première fois.

Je vois le jour se lever avec difficulté. C'est beau aussi. J'ai décidé de ne rien lui faire lire. Je vais profiter de ce voyage que nous devons faire aujourd'hui dans le désert pour refuser sa demande en mariage. Je pourrais toujours lui expliquer que je n'avais pas réfléchi, que je me suis réveillée en éprouvant une réelle nausée à l'idée de me marier. Non, je n'emploierai pas le mot de nausée parce que ce serait faux et insultant, il y a une limite dans le mensonge. Je lui dirai que je ne suis pas faite pour le mariage, ni pour fonder une famille, ni pour avoir des enfants. Après tout il y a longtemps que j'ai renoncé à ces choses.

Je suis perdue. Dois-je dire la vérité ? Cette question devient chaque jour de plus en plus menaçante et m'occupe tout entière. Si l'on cache un pan de sa vie, c'est nécessairement parce qu'on le trouve inacceptable pour soi-même. J'ai dû produire tant d'efforts pour m'extraire de mon passé : l'exil et le changement de nom ; et pourtant je veux croire qu'en le lui révélant il pourra l'accepter et accepter de concevoir de faire un enfant avec une femme « comme moi ».

Comprendras-tu que mes aveux sont une preuve d'amour ?

Je pense à ces malades condamnés à mourir et auxquels on apprend qu'ils vont vivre grâce à un nouveau remède inconnu jusque-là ; ils ont immanquablement du mal à envisager leur avenir sans cette mort annoncée depuis si longtemps. J'ai vu des hommes et des femmes finir par accepter l'idée de la mort quand la médecine n'a plus d'espoir à leur offrir. Cette acceptation n'a rien à voir avec une quelconque projection de soi sans vie dans la tombe, mais avec l'idée que tout ce que l'on a fait, connu, aimé, dit, ne sera plus, et que le souvenir de ces choses passées suffit à vous faire respirer encore un peu, à provoquer de longues apnées qui ont le pouvoir de prolonger la vie et de repousser la mort quelque temps. En me demandant en mariage, Jean m'a proposé, sans le savoir, de me ramener à la surface de cet océan où je me noyais sans m'en rendre compte. Il m'a proposé de vivre. Je suis comme ces grands malades à qui l'on propose la guérison. Dis seulement une parole et je serai guérie. Demain nous irons dans le désert. Je suis heureuse.

Retour du désert. Nous étions en voiture. Lire mon cahier aurait pris trop de temps. Je l'ai gardé dans mon sac. J'ai décidé de lui parler, d'opter pour des phrases banales. Incapable de supporter son regard s'il m'avait fait face, j'avais choisi le moment où il conduisait concentré sur la route, droit devant lui. Je devais déjà faire face au portrait de Brigitte Bardot dans le médaillon du porte-clés, je ne pouvais pas avoir tous les courages. Il faisait beau. Il portait ses lunettes de soleil. Il était encore plus beau. J'avais mis la robe imprimée de boutons de roses qu'il aime tant. C'est une robe très simple, sans manche et sans col, légèrement pincée à la taille. D'habitude je retire toujours mes chaussures quand je suis en voiture et je pose mes pieds nus sur le tableau de bord.

— C'est curieux, tu gardes tes chaussures aujourd'hui ?

— Jean.

Je ne sais pas sur quel ton j'ai prononcé son nom mais il crut nécessaire de désamorcer mon angoisse qu'il avait ressentie depuis notre départ. Il pensait que j'étais enceinte. Et j'ai vu l'expression de son visage changer : il était heureux de cette nouvelle. Et cette idée du bonheur que nous pourrions créer une famille ensemble m'a émue.

— Jean, je ne m'appelle pas Andrée mais Pauline… Pauline c'est mon vrai prénom… Pauline Dubuisson… J'ai été condamnée pour meurtre en 1953. J'ai tué mon fiancé, enfin, mon ex-fiancé… mais je peux te jurer que je ne voulais pas le tuer, je n'étais pas venue pour ça.

J'avais fait pire que mes juges, j'avais réussi à résumer ma vie en deux phrases lapidaires tout en espérant qu'il comprendrait et que je pourrais ensuite lui faire lire ma confession écrite. J'avais jugé préférable de lui dire la chose, même de façon abrupte, peut-être aussi pour qu'il ne réalise pas vraiment ce que je disais.

Il a arrêté la voiture sur le bord de la piste. Il a regardé droit devant lui. Il est resté appuyé au volant, sans dire un mot, un temps qui m'a paru interminable. Je voyais bien qu'il se repassait les courtes phrases que je venais de lui dire ; puis il a passé sa langue sur ses lèvres desséchées et tout d'un coup, sa voix s'est voilée.

— Il y a des choses Andrée… enfin Pauline, pardon. Il y a des choses que je comprends mieux.

— Ah, tant mieux.

— Oui tant mieux que tu ne sois pas enceinte, parce qu'il m'est impossible de t'épouser à présent. Je pourrais ne rien dire à ma famille mais elle finirait par savoir la vérité et je ne peux pas lui faire ça. Ma mère, si gaulliste, ne le supporterait pas.

Presque les mêmes mots que Félix et toujours cette vérité qui fait plus de mal que de bien au sujet de leur mère. Je n'ai pas compris immédiatement pourquoi il faisait allusion à De Gaulle – qui m'avait en quelque sorte graciée. C'était la preuve souterraine de tout ce qu'il ne disait pas. J'eus alors la conviction qu'il avait non seulement vu le film, mais qu'il avait aussi lu tous les articles me concernant, particulièrement ceux où l'on rappelait que j'avais été tondue à la fin de la guerre. Bien plus que le crime que j'avais commis, je sus à ce moment-là que je resterais à jamais tatouée de la croix gammée que l'on avait peinte sur mon crâne rasé et sur ma peau.

Je n'ai rien pu ajouter. Plus question de me défendre. Ce que je craignais était arrivé. Une fois encore. Je croyais qu'il ne dirait rien d'autre, que l'histoire s'achevait sur cette vérité. Mais non, il avait besoin de parler.

— Je n'arrive pas à le croire, je n'arrive pas à le croire ! a-t-il poursuivi sans me regarder, haussant le ton et frappant le volant comme s'il venait d'être atteint par une malédiction. Mais si je me souviens bien de ton affaire, tu as fini par avouer la préméditation ! Ce n'est pas tout à fait ce que tu viens de me raconter.

Il savait tout de moi depuis longtemps, sans savoir que c'était de moi qu'il s'agissait. Il avait vu le film, m'avoua-t-il, parce qu'il connaissait l'affaire judiciaire. Il ne s'était pas souvenu de mon visage, ni de mon nom de famille. C'est tout. Même si plusieurs fois il m'avait dit : « J'ai l'impression de te connaître depuis toujours. »

Comment lui répondre sur la préméditation alors que dans le film c'est la seule chose qui soit en accord avec mon histoire : elle tire pour ne plus entendre les insultes alors qu'elle était venue pour se tuer devant lui. C'est ça la vérité. Soudain le film n'avait plus d'importance pour lui, la réalité qui se substitue toujours à la vérité l'emportait, et le cinéma était à nouveau relégué à son rang de distraction. Intérieurement, je me suis défaite à une vitesse inimaginable sans que rien ne soit visible de l'extérieur ; tout ce qui me soutenait, mes os, mes muscles, mon sang, mon cœur étaient tombés en poussière comme cela arrive quand on ouvre un cercueil ancien qu'il faut vider de son contenu. Je ne savais plus où regarder, ni ce que je devais dire, je m'étais humiliée moi-même. Il n'y avait rien à ajouter, mes joues tremblaient sans que je puisse les maîtriser, de ce tremblement qui vous rend pathétique et vulnérable et dont n'importe qui pourrait profiter. J'ai tenté de poser ma main sur la sienne, sa répulsion fut telle que je n'eus pas d'autre solution que d'ouvrir la portière et de sortir de sa vie en même temps que je descendais de sa voiture. Ça n'a pas pris plus de temps.

Une apocalypse bien plus qu'une éclipse. J'étais à nouveau dans le noir. Je ressentais le désert tout autour de moi. J'aurais pu continuer à avancer et me perdre dans le sable, disparaître à tout jamais. Je ne sais pas pourquoi j'ai repris la route en sens inverse, en direction de la ville, en direction de ma maison avec l'instinct d'un animal, au lieu d'aller me perdre dans le désert qui n'attendait que ça. Je crois qu'il faisait encore chaud et j'ai continué à marcher en espérant que le vent ne soulève pas le sable de la piste. Pourquoi je me suis mise à lui parler, pourquoi je n'ai pas attendu qu'il lise le cahier, pourquoi j'ai fait plus confiance à la parole qu'à l'écrit ? Je m'appelle Pauline Dubuisson et j'ai été condamnée pour meurtre en 1953. Ce n'est qu'une petite phrase, grammaticalement correcte, qui ne vaut rien d'un point de vue littéraire et qui pourtant a plus d'implication que n'importe quelle phrase écrite par le plus grand des poètes. C'est quoi cette histoire de la pauvreté de la langue qui peut faire plus de bien ou plus de mal que n'importe quelle phrase magnifique ? J'aurais pu ajouter : mais je n'ai jamais voulu tuer Félix, j'ai perdu le contrôle parce qu'il m'a méprisée et insultée avec une telle violence que je me suis crue à nouveau devant les bourreaux de la Libération, sauf que cette fois-ci j'avais une arme à la main, c'est tout, même si cette arme était destinée au départ à me tuer. C'est la vérité. Il n'y en a pas d'autre. Je méritais d'être punie. Avec la préventive, j'ai fait neuf ans de prison. Je ne sais pas si c'est assez.

J'ai entendu le moteur de la voiture qui revenait dans ma direction. L'espoir est réapparu immédiatement. Je crois même que j'ai souri. J'étais sûre qu'il allait me dire qu'il regrettait et qu'il ne pouvait pas vivre sans moi. Quand il est arrivé à ma hauteur, j'ai cru encore une fois être sauvée. Mais il a accéléré. La voiture s'est éloignée sur la piste en direction de la ville. Le plus impressionnant a été de sentir la rapidité avec laquelle toutes mes certitudes une fois mises à l'épreuve se sont transformées en illusions. J'ai marché longtemps, je suis entrée dans Essaouira, j'ai retraversé la grande place, il y avait du monde aux terrasses, je les entendais mais je ne les voyais pas. J'espérais que personne ne me reconnaisse ou ne m'appelle. Je me revoyais marcher dans cette rue de la Croix-Nivert jusqu'à la chambre de Félix, j'entendais le bruit de mes talons qui creusait le vide, le monde autour de moi disparaissait, j'étais terrorisée d'éprouver ces mêmes sensations. Mais c'était vers ma maison que je marchais, pas vers celle de Jean.

Je ne sais plus à quelle heure je suis arrivée chez moi, ni combien de temps j'ai mis pour regagner la ville. Je ne me souviens que de la porte bleu soufre de ma maison carrée et blanche aussi simple et apaisante qu'un tombeau. Je me suis assise. J'ai passé la main dans mes cheveux mais je ne les sentais plus. J'ai mis le *Requiem* sur le tourne-disque pour laisser la musique faire son travail de consolation en espérant qu'elle parvienne à extraire mes larmes, mais les morts ne pleurent pas, c'est ce que mon père m'avait dit à Saint-Omer.

Une nuit dans la maison de Saint-Omer j'ai été réveillée par un cauchemar. Je suis descendue dans le salon et je me suis tenue près de la fenêtre, essayant, malgré la nuit, d'apercevoir quelque chose de vivant dehors, quelque chose qui brillerait pour me redonner envie de vivre et faire ce plaisir à mon père. C'était une sorte de dette que j'avais envers lui. À ce moment-là, je n'avais pas compris à quel point ce que je venais de subir en une seule journée, la haine, l'humiliation publique, la tonte de mes cheveux, les coups, le procès, les viols, les croix gammées peintes sur mon corps, avaient déjà anéanti ma vie et m'empêchait de voir la vérité en face. Depuis notre arrivée dans cette maison inconnue, mon père ne m'a pas dit un mot sur ce qui m'était arrivé. Mais il se sentait coupable. Je le savais à cause de cette phrase : « Je te demande pardon pour le mal que l'on t'a fait. » Je n'étais pas en état de réagir quand il me l'a dite mais cette phrase ne m'a jamais quittée. Longtemps j'ai cru qu'elle était l'expression d'un chagrin presque national à cause du « on » ; qu'il avait endossé une part de responsabilité dans les violences que j'avais subies, lui qui avait une si haute idée de la France. Je m'étais arrangée de cette phrase, incapable de tout affronter d'un coup. Aujourd'hui, je pense que ce pardon qu'il me demandait était d'une tout autre nature, surtout quand j'ai su qu'il avait écrit à la famille de Félix, juste avant de se suicider, que je lui faisais honte et combien j'avais gâché sa vie. Sa honte ne change rien au pardon qu'il m'a demandé. Au contraire, elle éclaire ce pardon de manière bien plus éclatante quand je pense qu'il a osé demander à sa fille de quatorze ans de s'habiller en femme et de se maquiller légèrement, de porter des bas et des talons pour rencontrer Domnick. Je ne suis plus une petite fille ! La vie, la prison, mon crime aussi ont fait de moi une femme moins émerveillée et j'ai largement eu le temps de repenser à ces moments de ma vie, apparemment merveilleux, qui jour après jour organisaient pourtant ma tragédie. Il aimait ma mère plus que tout, plus que ses enfants, plus que moi évidemment, et il voulait par tous les moyens que cette femme sorte de l'état dans lequel son grand rival, Dieu, la tenait enfermée sans lui venir en aide. L'histoire d'une vie en famille est étrange. Quand j'y repense ce qui me terrifiait enfant était devenu ce qui me faisait agir adulte. Jamais je n'aurais compris l'attachement de ma mère à son cordon de cuisinière si elle ne m'avait pas effrayée, toute mon enfance, avec son histoire de cadavres d'enfants morts de faim. Bien plus que les offices auxquels elle participait quotidiennement, mon père avait compris que si la religion était devenue pour elle un raccourci qui lui permettait d'aller plus vite à la rencontre de ses morts, la cuisine, en la rappelant à son rôle de nourricière, lui permettrait d'aller à la rencontre des vivants, de lui surtout. Et je crus qu'en retournant dans sa cuisine ma mère reviendrait à la vie jusqu'au jour où dans notre tanière de Saint-Omer, alors qu'il venait de nous rapporter des conserves qu'elle avait préparées pour nous deux, je fis un lapsus qui le choqua dans un premier temps. Au lieu de dire « elle ne pense qu'à la nourriture », j'ai dit « elle ne pense qu'à la pourriture ».

La source du malheur que j'ai si longtemps cherchée est sûrement quelque part enfermée dans ces choses troubles.

Ma main tremble. Il est temps d'accepter que mon père est mort. Il est temps que je cesse de croire que cet homme pourrait me sauver. Il m'a quittée, au moment où j'avais le plus besoin de lui, avec la volonté de ne plus jamais me revoir, non pas parce qu'il ne comprenait pas mon crime, mais parce que mon crime lui a révélé le dégoût qu'il éprouvait pour moi depuis toujours.

Ma mère avait raison quand elle disait qu'elle ne comprenait pas pourquoi il m'avait élevée avec les mêmes droits que les garçons. Ce n'étaient pas des droits, il ne voulait pas que je sois élevée en fille, il voulait que je sois élevée comme un garçon, il n'y avait pas de place dans cette maison pour une autre femme que ma mère. Elle, elle m'a aimée je le sais et elle est la seule qui ne trouve pas que je suis une fille dégoûtante, même si c'est ce que tout le monde continuera à dire j'en suis sûre, dégoûtante, orgueilleuse, sans cœur, frivole, froide et narcissique. Je me suis trompée d'amour. Je me suis toujours trompée. Que dire d'autre ? Je suis seule à connaître la vérité. Pas seulement sur ce qu'il s'est passé le soir où je suis entrée dans la chambre de Félix pour me tuer, mais à connaître surtout la férocité des liens qui existait entre cette nuit où la mort rôdait rue de la Croix-Nivert et ce que j'avais vécu à la fin de la guerre. Ce que tout le monde a reconnu comme étant une libération fut pour moi le début d'une autre guerre que j'ai menée seule jusqu'à ce soir.

Et si l'ancien colonel de la guerre de 14 est venu me sauver et m'extirper de la mort ce ne fut pas par amour, mais uniquement parce qu'il connaissait sa part de responsabilité. Il est venu me sauver comme il aurait secouru un soldat qu'il aurait envoyé en première ligne à Verdun.

Je ne t'en veux pas. Je sais ce qu'on est capable de faire par amour. Je l'ai même appris de toi sans m'en rendre compte, comme on apprend la langue sans s'en rendre compte non plus. Cette nuit, je suis heureuse de pouvoir regarder la vérité en face.

J'arrive enfin à pleurer. Je n'ai pas peur. Je pleure sur moi. Oui, j'éprouve sans honte un peu de compassion pour l'enfant et la jeune fille que j'ai été, pour les pièges tendus par les adultes et dans lesquels je suis tombée sans méfiance. Je te pardonne si tu ne m'as pas pardonnée. J'écoute le *Requiem* de Mozart que tu ne peux pas entendre. J'aimerais que tu m'apparaisses aujourd'hui, que tu te dresses devant moi de toute ta prestance et que tu poses sur moi ton regard de soldat fatigué. Tu verrais que je ne suis pas si mauvaise. Sauf que les morts ne se déplacent pas dans des géographies inconnues, ils sont enchaînés aux lieux où ils ont vécu et je suis si loin. Juste une odeur de tabac brun qui m'était revenue.

Je me souviens de mon premier réflexe en entrant dans cette maison où le soleil n'entrait pas : marcher pieds nus, sentir la fraîcheur des carreaux de ciment. Je me souviens d'avoir repoussé les deux grands volets sulfatés du bleu des vignes. La lumière m'apparut pour la première fois comme une splendeur. Elle m'inondait. Mes pieds supportaient la brûlure des terres cuites chauffées au soleil. J'étais heureuse parce que je ressentais à nouveau la douleur physique. J'aime la tonnelle recouverte d'une vigne qui occupe un recoin de la terrasse et où la chaleur semble elle aussi chercher un peu d'ombre. C'est là que j'ai entendu pour la première fois les voix des femmes qui parlaient entre elles en arabe. C'est là que je me suis dit que vivre devait ressembler à cette impression d'inconnu et d'absence totale d'épuisement de soi tout en laissant l'air remué par le vent faire son travail d'envolement. Une fois l'éblouissement passé, j'ai découvert la ville blanche à mes pieds et l'océan bleu sous le ciel bleu. J'étais submergée par les voix des femmes assises devant le pas de leurs portes en contrebas de la terrasse. C'est cette langue que je ne comprenais pas qui m'a redressée. Ce n'était pas une image, c'était une réalité physique ; ma mère avait remarqué à ma sortie de prison que mon corps s'était replié ; j'étais tout osseuse, toute cassée sur mes os, alors que là, en peu de temps, je me désenroulais sans effort, une espèce d'état de grâce, comme je l'avais lu dans certaines vies des saints et des saintes ; d'abord soulevée jusqu'au cœur, puis enfin reposée sur terre doucement, légère, avant de recommencer cette ascension. C'est une sensation aquatique mais à l'intérieur de soi. Je la ressens encore aujourd'hui. En moins de deux ans, dans cette maison et dans cette ville, toute inquiétude avait disparu. Le monde de la prison est inquiétant mais plus inquiétante encore est l'idée qu'il va falloir construire autre chose. Mais construire quoi ? Grâce à ce paysage d'Essaouira adossé au désert qui annonce l'Afrique royale et sauvage de l'autre côté, je ne flottais plus. Je sentais à nouveau l'attraction de la terre comme je ne l'avais plus jamais ressentie. Je n'aurais jamais pu imaginer qu'en changeant de pays je réussirais à presque tout effacer de ma mémoire. J'ai même fini par croire que j'étais une autre, à cause de la ville, des Marocains, des Marocaines surtout et de la langue arabe qui n'avait plus rien de menaçant. J'aime cette ville, j'aime ses habitants, les lumières qui s'y répandent et la couvrent, j'aime ses odeurs de menthe chaude, de marché, de cuisine épicée, de sardines grillées, d'huile d'olive chauffée et de plage où les voix et les couleurs jouent avec les odeurs ; même la langue de ce pays a une odeur de mer et de désert, quelque chose entre la rudesse et la fraîcheur, tout comme les maisons grâce aux moucharabiehs.

Je n'avais besoin de rien d'autre, je ne voulais rien d'autre, je n'aspirais à rien d'autre. J'avais presque réussi à oublier moi-même mon passé.

Je n'ai plus que cette maison, ce paysage océanique et les voix de ces femmes magnifiques qui parlent arabe. Le crépuscule est une récompense. Je ne pouvais pas trouver de meilleur endroit pour m'en aller, suffoquée par le bonheur d'en finir. Les couchers de soleil ont ici un pouvoir d'émerveillement qui donne au ciel une puissance d'attraction que la terre n'exerce plus sur moi.

C'est étrange. Je repense à ce jeune homme dont j'avais croisé le regard au Bonaparte à Saint-Germain. Son regard d'une bienveillance sombre et fixe me revient encore. Il ne saura jamais que je pense à ses yeux encore aujourd'hui et que ce souvenir m'a souvent aidé dans mon exil. Je me souviens aussi des deux autres garçons qui l'accompagnaient. Ils étaient si convaincants tous les trois. L'un, le plus petit et le plus vif, voulait être un homme de théâtre, l'autre au regard d'aigle ou de biche serait un peintre, et le troisième, celui qui m'a vue, grand, élastique, si beau et si fiévreux, envisageait de devenir écrivain. Je les écoutai discuter passionnément et je ne saurais jamais ce qu'ils sont devenus. Dire que quelques secondes ont suffi pour qu'ils deviennent la seule image que je garderai de ma vie en France comme un trésor, parce qu'ils sont ce que la France a de plus précieux. Trois jeunes hommes dans un pays qui n'en finit pas de vieillir. Mais peut-être arriveront-ils eux à tout changer puisqu'ils sont prêts à tout reconsidérer.

J'ai moins peur maintenant. J'ai ressorti le porte-clés avec le médaillon de saint Christophe. Je l'ai posé sur la table tout près du cahier des souvenirs que j'ai ressorti de mon sac à main. J'aime l'image de ce vieillard qui fait passer le fleuve à un enfant qu'il trouve bien lourd pour n'être qu'un enfant. Je me souviens avoir lu sa vie dans *La Légende dorée*. Je me souviens de son vrai nom avant d'être appelé Christophe, on l'appelait le *Réprouvé*.

Si je ne suis pas aimée, je suis comme morte. Comme. Ce sont les enfants qui disent ça quand ils jouent. C'est être sans être vraiment. Être comme morte c'est être vivante et empester déjà l'odeur du cadavre.

Je ne sais pas comment mon corps n'est pas mort dans la chambre froide de cet abattoir qui puait le sang des bêtes. Mon corps abîmé est resté vivant mais moi je suis déjà morte. Mon esprit, la femme que je voulais être, mes rêves sont morts ce jour de la Libération. Alors quand mon corps sera mort, je ne veux pas qu'il soit rapatrié en France (il faut que je laisse un mot à ce sujet), ni qu'il aille salir la tombe où les corps de mes frères et de mon père sont enterrés et où ma mère se couchera plus tard. Le bonheur de cette famille fut d'avant ma naissance. Pourquoi irais-je les déranger à nouveau ? Je ne veux rien. Je voudrais ne jamais être née. Je veux que l'on jette mon corps à même la terre dans un linceul au cimetière musulman de la ville, sans stèle, sans nom (ça, surtout il faut que je l'écrive et que je le souligne pour les assurer de ma détermination), que l'on sache que je ne suis plus ce corps qui a tant souffert et que l'on a tant fait souffrir malgré mon obstination à chercher la jouissance. Voilà. J'y suis. Je peux maintenant finir le travail du tribunal des libérateurs et me libérer. J'ai trente-quatre ans, je reconnais tous mes crimes et toutes mes erreurs, et en mon âme et conscience je me condamne à cette mort à laquelle j'avais cru échapper, surtout ces dernières années où j'ai commencé à croire à une renaissance possible de tout. Je meurs comme dans le film.

Tranquille enfin. Penser à aimer encore. Ne plus chercher à être aimée. En finir avec tout ce cinéma de la vie. N'avoir pour dernière image qui s'imprimera dans l'œil que le plafond blanc de la maison aux volets bleu soufre. L'optogramme parfait. Puis, un envolement dans le silence et dans le vent, face à l'océan furieux. Enfin le néant. Ne plus être. Espérer une dernière chose : réentendre le chant des oiseaux.

Épilogue

Pauline Dubuisson est morte le 22 septembre 1963 à Essaouira. Elle ne chercha pas à se taillader à nouveau les veines au risque de se rater une quatrième fois. Elle avala des barbituriques dont, en tant que médecin, elle connaissait la dose exacte pour ne pas échouer une fois encore. Ses dernières volontés ont été exaucées : elle fut jetée dans une fosse, à même la terre, sans stèle et sans nom au cimetière musulman d'Essaouira, face à l'Océan. C'est à cause du *Requiem* de Mozart qui n'en finissait pas de recommencer sur le tourne-disque à répétition que les voisines se sont inquiétées, les Marocaines. On a retrouvé près d'elle une centaine de pages écrites de sa main dans des cahiers, en caractères serrés, presque illisibles. Ce sont ces cahiers aujourd'hui disparus que j'ai imaginés pour écrire ce livre.

On aurait pu croire qu'après des années de combats des femmes et d'évolution de la société française, l'acharnement contre l'infâme et l'orgueilleuse Pauline serait terminé. Mais non, le 15 août 1991, trente ans après sa mort, Jean Cau, qui vient de rédiger un article pour *Paris Match* sur Pauline dans une série sur les grandes affaires criminelles, écrit ceci : « Même en évoquant les crimes les plus affreux, on a envie d'y "comprendre" quelque chose, d'être tant bien que mal un peu avocat de la défense, de glisser un brin de pitié ici ou là. Avec Pauline, avec cette dure garce, ça ne marche pas. J'ai beau me tâter le cœur, il reste froid. »

Iphigénie,

ou les effets de la chasse

Iphigénie le sait. Demain elle sera offerte en sacrifice. Dès l'aube, elle se couchera sur l'autel, sans se débattre, sans crier, sans faire honte à son père. Et c'est son père qui va la tuer. Comment le dire autrement ? Comment le faire autrement ? Les bavardes cuisinières ont déserté la cuisine pour en faire sa prison. Les odeurs de la mer Égée se mélangent aux odeurs du graillon. Elle pense à sa mère qui ne sait rien encore. On ne rigole pas avec les dieux. Achille est venu lui dire que son père s'est retiré seul sur les rochers pour cacher son désarroi. Elle sait ce que c'est le désarroi, c'est quand on a perdu tout ce qui fait la grandeur de l'équipage. Comme le désastre est la façon de rappeler qu'on a perdu les astres, le chemin marqué par les étoiles, que la nuit est totale. Impossible de fuir.

Agamemnon sait qu'il va devoir donner en offrande sa fille comme il le faisait avec les bêtes de la basse-cour pour honorer dans la haute-cour les dieux. Il se demande comment il va pouvoir tuer son enfant. Elle tremble dans l'ombre de la cuisine. Elle ne sait pas si le tremblement vient de la colère ou de la peur. Elle est pâle comme un linge. Demain elle sera pâle comme une morte. Elle revoit encore Oreste l'inquiet et Électre l'effrontée, son frère et sa sœur plus petits. Elle jouait encore avec eux, il n'y a pas si longtemps. Elle les revoit tous les deux sur les remparts de Mycènes faisant de grands signes d'adieux quand ils l'ont vue s'embarquer avec leur père pour l'Aulis. Oui c'étaient des adieux. Les deux enfants pleuraient déjà, convaincus qu'ils ne reverraient pas leur sœur. Elle les a rassurés. Bêtement. Elle aurait mieux fait de lire les présages du ciel quand les vents étaient encore levés. Elle n'a rien vu, rien lu. En pleine métamorphose de son corps d'enfant elle ne fut aveuglée que par l'amour qu'elle portait à son père, à sa beauté, à sa raideur.

Cette nuit, seule dans l'obscurité de la cuisine, elle revoit tout de ce voyage.

*
* *

Clytemnestre, sa mère, lui avait souvent parlé des terres cuites de la région et de l'heure magique qui couvre les rochers en fin de journée de feuilles d'or soufflées par le vent. Clytemnestre avait parlé d'une incandescence mais Iphigénie encore enfant avait traduit l'incandescence par l'or et non par le feu. Et puis, la douceur du mot Aulis ne pouvait les prévenir ni l'une ni l'autre du danger vers lequel Iphigénie courait comme une folle sans réfléchir. Droit devant !

L'Aulis est comme un mirage. Mais ce n'est pas un mirage. Cela vient de la façon dont les côtes sont à peine irisées par la lumière qui vient d'abord s'abreuver à la surface de la mer.

Vierge encore, Iphigénie fond en larmes, transpercée par la beauté du paysage. C'est au-delà du récit que sa mère lui en a fait. Elle comprend ce jour-là ce que veut dire le mot « incandescence », entre la brûlure et la lumière. Sa mère n'est pas n'importe qui : Clytemnestre, comme sa sœur Hélène et ses frère Pollux et Castor, est née de Léda, une bigote antique, et d'un dieu salace au sexe puissant que la pauvre femme prit pour le cou d'un cygne quand elle le chevaucha. C'est pour ça qu'elle est une grande raconteuse d'histoires, comme tous ceux qui sont nés de manière étrange. Et personne mieux qu'elle ne sait raconter les choses extraordinaires, les émerveillements et les émotions. L'émotion et l'émerveillement d'Iphigénie devant le paysage sont si violents, jamais éprouvés, qu'elle se sent presque morte, légèrement soulevée au-dessus des choses terrestres. Une étrangeté que procurent les paysages marins, ceux qui font le ciel se renverser sur terre.

Le soir, au moment du repas, elle est impressionnée par les céramiques peintes bien plus que par la nourriture. En Aulis, ils ont atteint des sommets dans les arts de la table. Si bien dressée qu'elle oblige tous les soldats aux ongles noirs, les chefs, et les rois paysans à se tenir correctement. À peine le premier repas terminé, Iphigénie court dans le jour finissant, pieds nus dans tous les lieux saints jusqu'au sanctuaire d'Artémis, sa déesse préférée, la déesse des bêtes sauvages. Elle a toujours couru derrière les biches et les cerfs sans jamais réussir à les attraper. C'était courir avec les bêtes sauvages qui l'intéressait. Les dieux et les déesses l'enchantent depuis toujours. Il faut dire que c'est une incroyable époque que son époque : un pas, une enjambée sépare à peine les dieux du monde des mortels. C'est que faut les voir sauter à pieds joints sur la terre pour jouer à la tragédie !

Agamemnon n'est pas seulement roi, il est le Roi des rois. À cette époque, tout le monde acclame le père d'Iphigénie, tous les hommes, toutes les femmes, tous les enfants, tous les vieillards. On dit même que les bêtes domestiques s'arrêtent sur son passage. C'est en Aulis qu'il a retrouvé les autres rois des terres voisines, petits propriétaires terriens de quelques lopins de terre, de troupeaux de chèvres et de barques pour la pêche. Des hommes puissants, burinés, solides et musclés, gros mangeurs et gros buveurs, armés jusqu'aux dents qu'ils curaient avec le bout de leur poignard qui leur servait à dépecer les sangliers. Il a organisé cette guerre à venir sur les vagues après avoir trouvé un chemin jusqu'à Troie la magnifique qui défie la mer de ses remparts de granit. Troie l'invincible. Tout le monde le dit, tout le monde le veut, tout le monde le croit. Agamemnon envisage un débarquement de plus de mille navires. C'est nous aujourd'hui écrivains et lecteurs qui sommes les dieux puisque nous savons que cela ne suffira pas sans la ruse d'Ulysse et de son cheval de bois. En attendant, à force d'admirer son père, de l'entendre rêver à haute voix cette guerre pour maintenir ses troupes en état d'alerte, elle comprend que les couronnements ne sont que des entêtements et les couronnés des entêtés.

De la guerre, elle ne sait que les choses inimaginables que son père et les amis de son père lui ont racontées, comme ils les ont racontées à son frère et à sa sœur lors des grands banquets de chasse. Elle a beau les avoir écoutés comme elle écoutait les récits des héros de légendes, cela n'eut jamais aucune réalité pour elle puisqu'à Mycènes elle ne connut que le bonheur d'être bien née. Imaginer la guerre sans jamais l'avoir vue ni vécue dans sa chair n'était qu'une fantasmagorie plus ou moins terrifiante, plus ou moins vraie, dont les récits sont toujours beaucoup plus courts que la réalité. Rien ne pouvait donc l'empêcher de suivre son père quand il lui proposa de l'accompagner. Et pour rassurer sa mère qui ne supportait pas de voir sa fille aînée s'embringuer dans cette folie des hommes, Agamemnon jura à son épouse qu'elle resterait en Aulis. Pas question qu'elle embarque pour Troie et se retrouve au milieu de la bataille ! Non, il le jure, elle restera tranquille à tresser les couronnes de laurier pour accueillir les héros à leur retour. Clytemnestre finit par céder.

Pourquoi Agamemnon a-t-il demandé à sa fille de le suivre dans une guerre, elle qui n'avait jamais vu la guerre ? C'est un point sur lequel personne ne s'est interrogé, comme si les mythes forçaient le récit à toutes les invraisemblances. C'est une folie ! Pourquoi une fille de roi accompagnerait son père qui s'apprête à soulever une armada ? Personne ne dit rien sur ce point. Les poètes se taisent quand il faut laisser faire le destin. Avait-il un pressentiment ? Savait-il que sa fille vierge serait une garantie de réussite ? Avait-il été alerté par un présage ? Agamemnon resta muet sur ce point pourtant essentiel. Mais l'on sait combien les héros de l'antiquité aimaient défier les oracles en espérant les faire mentir pour leur faire perdre du pouvoir. Historiens et poètes ont écrit à partir d'un postulat incontestable « Iphigénie accompagnait son père sur les bords de la mer Égée », oubliant le nom du détroit de l'Euripe. Il faut si peu d'éléments aux écrivains pour construire des mythologies qui provoqueront des lectures illimitées.

Depuis l'arrivée du Roi des rois, rien ne se passe comme prévu. La flotte est prête. Ni la mer ni le ciel ne bougent. Le paysage est comme une image. Ulysse le beau parleur en profite et raconte toutes sortes d'histoires que tout le monde prend déjà pour des épopées glorieuses. Un baratineur de première cet Ulysse, tout le monde le sait mais tout le monde l'écoute. Achille et Patrocle profitent de cette attente qui n'en finit pas, comme leur amour n'en finit pas, pour s'aimer, se caresser, s'embrasser, se prendre avec délice couchés sur la mousse des sous-bois. Ils sont magnifiques à regarder ces deux colosses amoureux couvrant leur nudité des feuilles de la lambrusque qui frissonne sur les collines. C'est que les rois et les héros de la Grèce ont du temps à perdre en attendant que les vents propices à leur départ se lèvent pour gonfler les voiles. Que faire d'autre sur les bords de la mer Égée qu'inventer des histoires à dormir debout ou s'aimer passionnément et se convaincre de la victoire prochaine ?

Iphigénie, habituée par sa mère, aide aux cuisines, seule parmi tous ces soldats à ne pas se prendre pour une héroïne. Elle est fille de roi mais sait tenir une maison. Elle apprend des choses sur la vie par les cuisinières. Les dieux sont rarement du côté des hommes qui se croient invincibles, qui se prennent pour des dieux. Et toutes ces femmes devant le feu et les chaudrons ont les langues bien pendues. Elles savent que les dieux s'amusent à taquiner leurs maris ou les mettre au défi ! Plus elles parlent, plus il fait une chaleur à crever dans les cuisines. Le ciel reste d'huile. Il faut attendre le bon vouloir des dieux malgré les paniers de fruits, les agneaux égorgés, les poissons pêchés du jour que l'on dépose en offrande à leurs pieds de marbre... et que les cuisinières récupèrent en douce pour préparer les repas tout en faisant croire que les dieux se sont régalés.

Agamemnon décide de réduire les offrandes, d'affamer un peu les dieux. Impossible d'attendre qu'ils aient fini leur banquet ! Mais le vent ne se lève pas. Ne pas offrir aux guerriers navigateurs les meilleurs vents pour partir en conquête c'est comme s'ils leur disaient : « Réfléchis bien avant de t'embarquer pour ce massacre, parce qu'on ne part pas à la guerre sans imaginer, peut-être même espérer, qu'il y aura un massacre historique, que des innocents y laisseront la vie sans leur laisser le temps de lire les grands poètes antiques. » Et ça, Agamemnon le sait. Comme si les dieux prenaient déjà parti pour les Troyens et maintenaient les Grecs le plus loin possible de leur objectif. Une mer sans vent, ça ne peut pas durer. Et pourtant ça dure. Longtemps. Trop longtemps.

Alors, comment distraire cette attente infernale ? Agamemnon est le plus impatient. Il ne tient plus en place, il faut qu'il bouge, il faut qu'il guerroie, il faut qu'il tue.

À défaut de tuer des hommes, il doit tuer des bêtes.

Le Roi des rois part donc chasser. Iphigénie le suit dans la forêt qui surplombe le paysage inerte et bleu de la mer Égée. Il a toujours aimé que sa fille l'accompagne à la chasse pour amadouer les bêtes sauvages. Elle est douée pour ces choses qui n'appartiennent qu'aux contes et aux légendes. Il lui dit à l'oreille : « Chante de ta voix d'enfant. » Elle chante d'une voix qui n'est déjà plus la sienne et son chant anesthésie les bêtes sauvages qu'elle aime depuis toujours, sa chrysalide n'est pas achevée. Elle n'est donc pas encore une femme. Heureusement, la forêt couvre la cime des rochers qui bordent la mer.

On ne pense jamais aux forêts quand on pense à la Grèce. On imagine des paysages déserts couverts de cailloux, de genévriers et de cyprès. Pourtant, tout est toujours venu de la forêt bien plus que des rivages égéens : des légendes sur lesquelles l'histoire peut s'asseoir pour l'éternité jusqu'aux bois des bateaux sans lesquels il n'y a ni exploration du monde inconnu, ni commerce, ni conquêtes. La forêt se féconde elle-même et croît sans l'aide des hommes. Les arbres sont d'essence immortelle. La forêt est immortelle. Et dès que les hommes disparaissent, la forêt reprend ses droits et reconquiert son territoire originel que les hommes avaient déboisé. Elle mange les jardins, elle se déploie en ronces puissantes pour protéger les jeunes rejets des arbres des bêtes qui dévorent facilement les boutures. Une forêt est un monde vivant qui n'aime que le vivant, à la différence du monde des hommes qui semble lui préférer la mort. Mais la forêt ne se féconde pas uniquement d'espèces d'arbres, elle se féconde de bien d'autres choses, de bêtes et de toute une peuplade mystérieuse et sylvaine jusqu'aux dieux les plus anciens, solides et archaïques, des dieux aux mains de paysans qui effleurent la canopée. La forêt antique est le paradis qui met au secret chaque chose et oblige les femmes et les hommes à une observation constante et minutieuse. La forêt a appris aux hommes à regarder, à comprendre et à déduire. Elle est la grande leçon des choses ; et les chasseurs qui ont tout appris d'elle le savent. Agamemnon le sait aussi et pourtant il n'écoute rien de ce qu'il sait.

Il connaît déjà les dangers qu'il encourt s'il lui venait à offenser Artémis qui dicte la loi des forêts. Artémis, une femme ! L'Antiquité n'a pas donné de dieu viril à la chasse mais une déesse, une femme splendide. Artémis la sauvage. Elle est belle à faire pâlir les aurores chasseresses, elle est fière, toujours prête à tirer, son carquois en bandoulière, sa robe (voile ou mousseline) constamment enroulée sur ses cuisses pour faire sentir sa course splendide aux côtés des bêtes sauvages. Artémis traverse le temps et les forêts sans jamais tuer les bêtes molles. Elle ne tue que les beautés majestueuses, les puissances de la nature qui marchent à quatre pattes sur la terre, bondissent, sautent, courent. Elle chasse les cerfs, les biches, les sangliers. C'est dire à quel point ces bêtes sont sacrées puisqu'elles conviennent aux festins des dieux.

Le besoin de se nourrir explique que l'art de la chasse appartient bien plus aux femmes qu'aux hommes. Les plats cuisinés, ce qui chérit l'estomac, sont le seul objectif de la chasse. La cuisine est la métamorphose des bêtes mortes en plats de plus en plus raffinés qui font oublier le massacre ou le justifient pour les plus gourmets. Mais pas n'importe lesquelles ! Comme les dieux antiques, nous ne mangeons que les plus belles bêtes des forêts. Pas de chasse sans forêt, sans campagne boisée, sans bois où les bêtes peuvent se replier, vivre, s'aimer, s'ébattre et mettre bas. Dans le ventre des bêtes les petits prennent forment et tombent sur la terre. C'en est fini de la tranquillité. Et chaque animal qui naît en tombant doit se relever le plus vite possible. La forêt est un monde auquel l'homme n'appartient pas. Et comme tout intrus il est un danger. Il faut donc se redresser au plus vite et marcher pour se cacher et courir pour se sauver.

Tout cela aussi Agamemnon le sait. Il sait aussi qu'une fois entrés dans la forêt les rois perdent leurs couronnes, ils ne sont plus que de simples chasseurs en butte aux mêmes représailles que le plus simple des mortels. Ils peuvent se faire encorner, charger, piétiner et une fois la bête tuée, même après un combat honorable, ils deviennent des « Saigneurs » qui saignent les bêtes. Ils ne redeviennent des rois qu'en passant à table et en mangeant à pleines mains les rôtis et les civets faits au sang.

Mais les rois, même les rois antiques, n'abandonnent pas leurs couronnes si facilement. Ils sont comme tous les rois mortels et pensent bêtement que les dieux ne deviennent une réalité qu'au moment du châtiment, jamais au moment du conseil. Et quand le dieu se manifeste et dénonce, le dieu, ou la déesse toute puissante, qui dicte le châtiment, les rois se mettent à trembler comme tremblent les pauvres bougres devant leur roi.

Les dieux parlent peu, les déesses encore moins, mais leur parole est souvent claire.

Quand Agamemnon décide de partir chasser avec sa fille, Artémis se met en travers de leur chemin. Elle annonce la couleur. Chasse, lui dit-elle, tue, saigne, mais je t'interdis de tuer cette biche. Elle la désigne au milieu de toutes les autres. C'est vrai que c'est une bête magnifique, la plus racée, la plus douce aussi. Elle est à moi, elle est sacrée, c'est-à-dire qu'elle est comme mon enfant. C'est ce qu'elle dit de façon simple et claire. Pas d'interprétation possible. Et c'est ce qu'il n'entend pas. Il est sourd. Possible aussi qu'Agamemnon n'ait pas reconnu Artémis, possible qu'il ait pris la déesse pour une pauvre folle qui se serait permis de donner des ordres à un roi, sinon il l'aurait écoutée, il n'est pas en position d'offenser une déesse, lui qui attend tout de l'Olympe à ce moment-là. À moins qu'il ne se soit pris pour un roi plus puissant que les dieux, pour le roi des dieux. Et le silence des autres, le silence d'Achille le superbe, de Patrocle le fidèle, d'Ulysse le baratineur. Pourquoi se taisent-ils ? Pourquoi laissent-ils faire ? Pauvre Agamemnon, lui qui, à ce moment-là de l'histoire, n'est qu'un pauvre type parti reconquérir sa belle-sœur, l'épouse adultérine de son ami le vieux Ménélas, roi de Sparte, alors que, dans le même temps, sa propre femme, la splendide Clytemnestre, sœur jumelle d'Hélène, le cocufie à tour de bras dans la chambre nuptiale au-dessus des écuries de Mycènes. Oreste et Électre, là-bas, en sont témoins. Et pendant que le père chasse avec leur sœur aînée dans les forêts de l'Aulis, les deux enfants épient le moindre mouvement, juste au-dessus des chevaux, dans le lit des parents souillé par la sueur des amants et le sperme d'Égisthe.

*
* *

On parle toujours d'Art de la chasse, oubliant que cet art du meurtre des bêtes vient d'un accord entre les dieux et les hommes, à partir duquel ils ont ensemble établi les règles précises du jeu de la chasse. La chasse est un jeu où la mort est l'objectif, mort des bêtes sauvages tuées par les hommes civilisés et mort des hommes civilisés tués par les bêtes sauvages. Ça peut arriver. C'est le prix à payer. Chacun le sait. Les bêtes sauvages n'ont que les dieux pour légiférer sur leur statut de bêtes sauvages et les protéger. Elles ne peuvent pas compter sur les hommes. Bafouer ces règles d'encre nées du grand conciliabule entre les dieux et les hommes depuis les préhistoires est la pire des trahisons. En brisant ces accords, l'homme aventureux ou inconscient des réalités célestes et de leur pouvoir prend le risque de déséquilibrer les rapports entre le ciel et la terre. Agamemnon a tout oublié de ces choses terribles et pourtant si simples. Il veut montrer son pouvoir sur les bêtes comme Sophocle le rappelle dans son *Antigone*. C'est le Coryphée qui le dit : « L'homme est l'être qui tourmente la terre avec ses charrues et toutes sortes d'engins ingénieux, mais plus que tout il est celui qui se fait maître de l'animal sauvage. » Il a raison le Coryphée ; mais alors pas n'importe quelles bêtes sauvages non plus, celles dont le cœur est tendre et gros comme le cœur des hommes ; et pas n'importe quelle chair non plus, il faut que la chair soit aussi tendre que le cœur. Agamemnon excellait dans la chasse royale du cerf aux bois éternels. C'est un hallali, une poursuite infernale et épuisante entre l'homme et la bête majestueuse couronnée d'arbre. Agamemnon, à cheval, chasse à l'arc comme tous les hommes depuis les temps de silex et prélève à la sauvagerie la viande pour ses repas ; il en est de même pour le Cyclope qui fait rôtir ses viandes sur des broches en bois de paliure, ce petit arbuste aux épines puissantes dont on fera plus tard la couronne du Christ. Qui peut croire qu'il s'agirait d'une simple histoire de nourriture ?

Une chose est sûre, les hommes ont appris à tuer les bêtes. Pas n'importe quelles bêtes, les bêtes qu'ils admirent le plus, les bêtes plus fortes, plus vives qu'eux, plus rapides. C'est un mystère cela aussi. Pourquoi ne pas tuer et manger des bêtes dangereuses, effrayantes, répugnantes, molles ou venimeuses, suffisamment repoussantes pour mériter d'être tuées ? C'est un point sur lequel le cannibalisme nous enseigne une vérité oubliée du temps où les hommes mangeaient des hommes. C'est une étrange histoire que celle de ces guerriers qui se battaient pour manger le plus habile d'entre eux. Il fallait admirer son ennemi, suffisamment pour espérer prendre une part de sa force admirable en le mangeant. Tout le monde avait droit, dans la tribu victorieuse, à une part du corps de l'ennemi prisonnier, sauf un, celui qui l'avait capturé. Le pauvre ravisseur, le jour du sacrifice, nous raconte un Jésuite du XVIe siècle parti convertir le Brésil, s'éloignait de la tribu où le prisonnier avait vécu en toute liberté parmi eux sans jamais chercher à fuir, quelquefois pendant des années ; d'ailleurs, s'il avait fui, il n'aurait pas su où aller, impossible pour un prisonnier de retourner chez lui, il aurait été banni pour avoir refusé les honneurs de ses ennemis, l'honneur d'être mangé. Alors, le jour de la cérémonie sacrificielle, le héros qui l'avait capturé s'éloignait de la tribu tout le temps de la fête et de la dévoration. Il passait une journée entière dans la forêt, seul à pleurer son ami que les autres mangeaient pour célébrer sa force dans l'espoir qu'une partie leur soit ingérée. C'est pour ça que les hommes préhistoriques ont toujours cherché à tuer des bêtes énormes, impressionnantes, plus grandes ou plus rapides qu'eux, c'est aussi ce que nous faisons au moment de l'Eucharistie, nous nous ensemençons du corps et du sang du Christ, de sa grandeur et de sa bonté. Les hommes chassent les plus belles bêtes pour devenir aussi forts qu'elles, aussi vifs, aussi rapides. C'est une histoire de magie. C'est aussi une histoire de rivalité avec les dieux qui consomment les mêmes bêtes pour les mêmes raisons. Ce qui fait de la sauvagerie le seul trait d'union entre les hommes et les dieux.

La viande est donc une histoire de muscles et de puissance. Et pour honorer la bête magnifique que les hommes ont abattue, c'est aux femmes d'inventer toutes sortes de raffinements dans leur cuisine. La gastronomie, la loi du ventre, a pour objet de « faire bonne chère » et cette chère-là ne s'écrit pas « chair » comme on le croit souvent mais « chère ». Il s'agit en faisant bonne chère de chérir son ventre par lequel passe toute nourriture mais duquel se diffuse toute la force dans le sang et dans les muscles. La cuisine est le seul objectif de la chasse et c'est sûrement la seule raison pour laquelle les hommes se sont emparés de la gastronomie et se sont fait appeler « chefs » comme les rois. C'est aussi la seule raison pour laquelle la forêt et la chasse ont une femme pour emblème, histoire de les calmer.

Toutes ces choses de la cuisine, des hommes et des bêtes, Artémis les sait. Elle les sait par cœur. Elle sait aussi qu'au commencement des hommes et des bêtes, le goût de la chasse assurait aux hommes qu'ils mangeraient le soir et toute la semaine ou pendant l'hiver une nourriture qui tenait au corps, qui repoussait l'idée de mourir, qui tenait mieux au ventre que les orties et les racines que les femmes cueillaient et qui pouvaient aussi les empoisonner. La viande fraîche des bêtes tuées du jour n'empoisonne jamais.

Les dieux anciens se régalaient eux aussi de viandes au cours de leurs banquets olympiens. L'Ogre originel, ce Cronos inquiet dévorait au tout début du monde et du temps ses enfants jusque dans l'impressionnant tableau de Goya où on le vit pour la dernière fois. Son appétit s'apaisera lorsqu'il sera devenu le père d'un centaure qui ne pouvait vivre ailleurs que dans les forêts. Il nomma le fils mal foutu Chiron parce que la bête à demi humaine était particulièrement habile de ses mains malgré ses quatre sabots aux pieds. Ainsi Cronos engendra un monstre, mais un monstre de civilisation. C'est Chiron l'immortel qui éleva et apprit à chasser au jeune Actéon qui dans la fougue de sa jeunesse finit par être changé en Cerf après avoir surpris Artémis et ses biches se baigner. Artémis toujours rappelle la loi des bêtes et l'exécute. Agamemnon le sait !

Ensuite vient la question du plaisir et de l'art de la chasse. Une invention plus tardive pour rendre l'acte de chasser plus civilisé et en oublier la préhistoire. Oublier l'animal en nous. Oublier l'ancêtre qui ne s'appelle pas encore un homme, qui court, grimpe et grogne comme les bêtes, celui qui chasse uniquement pour ne pas mourir ; parce que s'il mourait l'histoire de l'humanité à peine commencée aurait avorté. Chaque homme préhistorique a cru faire partie des premiers hommes sur la terre et l'a cru pendant des millions d'années puisque les hommes ne savaient pas compter le temps. Il a donc fallu que chaque génération fasse le même rêve d'une humanité possible, forcer le temps et croire en l'avenir. Les millénaires de préhistoire sont les millénaires du plus grand engagement que l'homme a pris envers lui-même. La civilisation n'a pas tué le sauvage pour autant, elle l'a juste repoussé, étouffé jusqu'à l'enfoncer entre nos côtes, dans notre chair, laissant ce spectre du génie préhistorique se réveiller en nous au moment de la chasse. Sans cela, le plaisir serait purement de composition. La bête humaine qui tue les bêtes sauvages ou l'homme sauvage qui tue les bêtes inhumaines est la seule excuse originelle. Le reste n'est qu'enjolivures.

*

* *

Agamemnon tue la bête interdite, celle qu'Artémis avait pris soin de lui montrer. C'est la plus belle des bêtes, la plus agile, celle qui court comme une flèche entre les arbres, celle dont on peut faire de sa peau fine une outre pour une Askaulos, la cornemuse antique. Touchée, la biche sacrée s'agenouille dans sa course et se brise, alors qu'elle allait franchir une rivière d'un seul bond. On dirait que l'eau se met à saigner.

Artémis, capable de ressusciter l'animal, réapparait. Elle ne réanime pas la bête adorée et ordonne le châtiment. Tu as tué ma fille ! Agamemnon comprend la douleur d'Artémis et se défend. Si les Dieux ne retenaient pas sa flotte, il ne serait jamais parti pour se distraire et tuer le temps. Il voulait juste tuer le temps ! Il est moins chasseur que guerrier ! Il demande des explications. Il accuse les dieux de favoriser les Troyens. Il veut leur faire honte. Il veut que le vent se lève !

Artémis y consent mais à une seule condition. Puisque tu as tué ma fille, il te faudra tuer ton enfant, ta fille adorée. Et les vents se lèveront, je te le promets. La parole des dieux ne peut pas être mise en doute. Mais avant, tu connaîtras le tourment que je connais parce qu'aucun père et aucune mère ne peut ressusciter un enfant mort. Regarde, je ne peux pas ressusciter ma biche. Je t'avais dit qu'elle était sacrée.

*

* *

L'origine du sacrifice d'Iphigénie est liée à la chasse et à l'insolence du père chasseur, à l'insolence du roi Agamemnon qui se crut roi des bêtes en plus d'être roi des hommes, oubliant que les seuls monarques qui règnent sur la sauvagerie sont les dieux, sorte de leurres humains que les forêts ont engendrés pour se défendre des hommes. Ou encore des demi-dieux, ces monstres nés des accouplements improbables entre dieux et femmes folles des dieux ; mais ceux-là restent le plus souvent du côté des forêts et de la nature et ne s'aventurent jamais dans les cités des hommes… à part Hélène et Clytemnestre.

Il faut imaginer cette nuit où Iphigénie a attendu que la parole d'une déesse soit accomplie. Impossible de croire que son père va l'abandonner, impossible d'imaginer qu'il va devoir la sacrifier comme on immole un agneau sur le menhir renversé qu'on appelle l'autel. Impossible de croire que son père l'abandonnera sans la sauver, sans trouver un moyen de négocier, sans chercher à l'échanger. Toute la nuit, Iphigénie a pensé à Oreste et à Électre, si petits, qui ont encore besoin d'elle. Pourquoi, se dit-elle, mon père m'a demandé de le suivre. Ma place n'est pas ici, ma place est à Mycènes près de ma mère qui ne voit que les beautés du monde et qui ne pense qu'à aimer.

Elle seule avait reconnu la déesse au départ de la chasse, même si Artémis n'eut pas un regard pour Iphigénie. C'est à cause de cette absence de regard justement qu'elle l'a reconnue. C'est à cela qu'on reconnaît les dieux : si nous croyons en eux, ils ne nous regardent pas. Les dieux sont encore plus avares de paroles que de gestes ; leurs regards englobent le monde tout entier, un peu comme le regard effaré des morts. Ce serait facile pour son père d'éviter cette tragédie, il est toujours facile d'éviter la tragédie si l'on écoute la voix de la raison. Il lui aurait suffi de renoncer à la guerre. Qui lui en aurait voulu ? À quoi sert cette guerre, pour aller récupérer une femme qui trompe son mari ? C'est un bien petit motif pour offrir tant de vies humaines à la mort. Iphigénie sait aussi que les guerres n'ont pas besoin de motifs acceptables pour se déclarer, sinon aucune jamais n'aurait eu lieu. Mais que feraient les hommes de toute cette force qu'ils ont emmagasinée en mangeant des bêtes puissantes et féroces s'ils ne faisaient pas la guerre, s'ils ne devenaient pas à leur tour des bêtes sauvages plus fortes que les autres ?

Iphigénie sait bien que son père ne renoncera pas, qu'il ne décevra pas les autres hommes qui l'ont suivi, qui espèrent une victoire, qui s'ennuient et qui ont besoin d'un héros. Ce sont des enfants. Elle sait qu'en sacrifiant ce qu'il a de plus cher il deviendra le plus grand des rois, plus que le Roi des rois, un dieu vivant.

Iphigénie aime son père. À quoi a-t-elle pensé au moment où il a soulevé le couteau de chasse au-dessus de sa poitrine, elle, couchée sur le menhir renversé ? Elle ne peut pas ne pas avoir vu son regard, il ne peut pas ne pas l'avoir regardée parce qu'à ce moment-là il était encore un homme, il n'était pas entré dans le mythe. Il entrera dans le mythe en même temps que le couteau dans le cœur de sa fille bien-aimée. Pas encore dieu donc. Il la regarde. Elle ne sourit pas. Elle ne dit pas un mot. Et si elle a parlé, aucun de ses mots ne nous sont parvenus. En voyant le regard de son père, juste avant que le couteau de chasse écrase sa poitrine et perce son cœur, elle n'a pu se dire qu'une seule chose, une chose qu'elle avait apprise de son père et de la chasse. « On ne tue que ce qu'on aime. » Si elle n'avait pas cru en ça au plus profond de son être, on l'aurait entendu crier. Pas un son n'est sorti de sa bouche quand la lame du couteau est entrée dans son cœur. Pas un soupir. Pas un râle.

*
* *

Et c'est ce même silence qu'Agamemnon entendit à son retour victorieux de Troie quand Égisthe, l'amant de Clytemnestre couverte de deuil, l'ayant invité à un banquet de chasse, l'égorgea comme une bête sauvage pour venger une mère sans réussir à venger sa fille. Égisthe le sait : les morts ne réclament jamais la vengeance.

Table

11323

Composition
NORD COMPO

Achevé d'imprimer en Espagne
par CPI Iberica
le 7 septembre 2016.

Dépôt légal septembre 2016.
EAN 9782290123461
OTP L21EPLN001908G002

ÉDITIONS J'AI LU
87, quai Panhard-et-Levassor, 75013 Paris

Diffusion France et étranger : Flammarion